LES

TEMPS MODERNES

SELON L'ÉCRITURE

INTERPRÉTÉE

Par

L. LETOCART

ANCIEN ÉLÈVE DE L'ÉCOLE POLYTECHNIQUE.

Prix : 1 fr. 25 c.

GRENOBLE   PARIS

Auguste CÔTE, libraire-éditeur   VATON frères, libraires-éditeurs

RUE BROCHERIE, 5   BOULEVARD SAINT-GERMAIN, 75

1872

LES

TEMPS MODERNES

SELON L'ÉCRITURE

INTERPRÉTÉE

Par

L. LETOCART

ANCIEN ÉLÈVE DE L'ÉCOLE POLYTECHNIQUE.

GRENOBLE

TYPOGRAPHIE ET LITHOGRAPHIE DE F. ALLIER PÈRE ET FILS
Grande-Rue, 8, cour de Chaulnes.

1872

Veni, Sancte Spiritus !

Quand un navire assailli par la plus violente tempête, dans des mers inconnues et au sein d'une nuit profonde, ne trouve plus même un guide dans sa boussole affolée dont les pôles sont renversés par l'électricité, heureux si, à travers les fureurs épouvantables qui le secouent entre le ciel et la terre, la Providence met sur sa route une région hospitalière dont les feux permanents lui révèlent la présence !

L'humanité est dans ce péril extrême, elle est menacée d'un cataclysme social, si Dieu ne vient à son aide en faisant briller devant elle quelque étincelle de salut.

Le foyer de cette lumière rédemptrice n'est point éteint ; mais l'œil moderne ne le voit plus ; il ne l'apercevra que si Dieu vient rendre la sensibilité à sa rétine.

Puisse cette étude sommaire mais capitale, en précisant le sens des événements actuels, être l'un des humbles moyens dont la miséricorde éternelle daigne se servir pour arracher la France et avec elle l'humanité à l'abîme qui les engloutit toutes deux.

FIAT LUX !

I.

L'ESPRIT MODERNE.

Refugium peccatorum !

O Marie ! vous êtes l'unique refuge des pécheurs !

Nous sommes tous pécheurs, nous sommes de grands pécheurs !

Il faudrait connaître la justice de Dieu et la substance de la vérité souveraine pour mesurer l'étendue de nos iniquités, pour apprécier exactement tous nos défauts d'équation au seul modèle auquel nous sommes tenus de nous conformer.

Toute la perfection de la vie chrétienne consiste dans la parfaite imitation du Verbe incarné et crucifié. Le mouvement de la vie divine est intégralement en lui, et par lui ce mouvement dont la connaissance et le souvenir étaient entièrement effacés dans l'âme humaine dont la souillure originelle avait corrompu la substance et perverti l'esprit, a été de nouveau introduit dans le monde et proposé à l'humanité réparée par la Rédemption.

Jésus est l'exemplaire souverain et unique d'où
rayonne dans l'univers la force de Dieu par la
vibration divine qui la manifeste, en s'échappant
de son cœur sacré dont les battements sont
l'expression.

C'est la source d'eau vive où chaque âme peut
puiser pour apaiser sa soif, dans la mesure que
comportent sa capacité et la nature de sa substance.

Et omnis anima vivens quæ serpit, quocumque
venerit torrens, vivet (Ezéch. XLVII, 9).

Chaque âme y trouve, sous une forme générale
et particulière, l'élément qui lui convient et qu'elle
doit reproduire dans tous les actes de sa vie.

Tout consiste donc à bien recevoir et à bien
rendre : à recueillir intégralement les dons que
nous apporte le sacré cœur de Jésus et à les faire
valoir dans la proportion de la vertu spirituelle qui
nous est concédée naturellement.

Or le péché est la déformation plus ou moins
complète de cette reproduction. C'est une perversité
de la force spirituelle et du mouvement qu'elle
inspire. C'est une vibration fausse, injuste, dont le
degré de discordance mesure la gravité du péché.
Et non-seulement cette perversité de la vibration
vitale de l'âme accuse la perversité de la force
motrice, mais elle atteint la substance, elle com-
promet le récipient, elle peut le rendre absolument
incapable de toute résonnance harmonique en lui
imprimant une désorganisation qui le dénature et
le défigure entièrement.

L'âme mortellement pécheresse est un vase
devenu incapable de contenir, c'est un vase ima-
ginaire, un vase d'où tout ce qu'on tenterait d'y
verser ne peut que s'échapper ; car il est ouvert et
percé de part en part, il est radicalement *divisé*
et *corrompu*. C'est un *vase spirituel* d'une forme

hyperbolique, sans *foyers réels*, et par conséquent sans effets de *lumière*, de *chaleur* et de *force*, parce que tous les rayons intérieurs qui viennent le frapper et qui devraient y répandre la vie, manquent de concentration et sont dispersés dans tous les sens.

Tel est l'état du pécheur impénitent, tel est l'état d'une société qui vit loin de Dieu, ou qui repousse l'action du Saint-Esprit. Telle est la forme qui les représente et qui est celle de toute âme humaine défigurée par la faute originelle et qui n'a pas été soumise à la réparation du Christ rédempteur.

Cet état est épouvantable, et il doit exciter toute la compassion et tout le zèle des enfants de Dieu.

Mais que dire de ceux qui ayant été admis au bienfait de la restauration divine, qui étant devenus par le baptême des instruments nouveaux et capables d'harmonie, faussent volontairement et d'eux-mêmes et leur substance et leur force motrice qui avait été ramenées dans le ton juste et divin?

Que dire de cette discordance générale qui vient aggraver la discordance individuelle en y ajoutant tous les désordres d'une cacophonie universelle?

Depuis plus de dix-huit siècles, Satan travaille avec une activité infatigable à l'exécution du suprême artifice par lequel il compte renverser définitivement l'œuvre de Dieu.

Profondément irrité contre la Femme Immaculée qui a déjoué ses premières tentatives, Satan se tient debout sur le *sable de la mer*; il domine l'humanité, il la considère et la convoite comme une proie que Marie lui a ravie en le repoussant de ses flots.

Lui aussi veut avoir son Incarnation.

Apoc. xii.

17. Et iratus est Draco in mulierem : et abiit facere prælium cum reliquis de semine ejus, qui custodiunt mandata Dei, et habent testimonium Jesu Christi.

18. Et stetit supra arenam maris.

3. Et ecce Draco magnus rufus habens capita septem, et cornua decem : et in capitibus ejus diademata septem.

CAP. XIII.
1. Et vidi de mari bestiam ascendentem habentem capita septem, et cornua decem, et super cornua ejus decem diademata, et super capita ejus nomina blasphemiæ.

DAN. VII.
4. Prima quasi leæna, et alas habebat aquilæ : aspiciebam donec evulsæ sunt alæ ejus, et sublata est de terra, et super pedes quasi homo stetit, et cor hominis datum est ei.
Et sequ.

APOC. XIII.
2. Et bestia, quam vidi, similis erat pardo, et pedes ejus sicut pedes ursi, et os ejus sicut os leonis. Et dedit illi draco virtutem suam, et potestatem magnam.

3. Et vidi unum de capitibus suis quasi occisum in mortem : et plaga mortis ejus curata est. Et admirata est universa terra post bestiam.

Ce dragon aux sept têtes et aux dix cornes, qui sont les sept déformations capitales spirituelles et les dix infractions aux commandements de Dieu, c'est-à-dire les formes contraires et antivitales de l'esprit de vie, ce dragon va revêtir son humanité.

Il apparaît ou plutôt il reparaît sous la figure de la bête aux sept têtes et aux dix cornes que décrit saint Jean au chapitre XIII de l'Apocalypse. Il n'y a entre elle et lui aucune différence, si ce n'est que les diadèmes qui couronnent les têtes du dragon, qui est un être spirituel, passent dans la figure sur les dix cornes, qui sont les dix formes corporelles de la puissance antichrétienne, tandis que les sept rayons de la force qui l'animent sont autant de blasphèmes contre l'Esprit vivificateur.

Cette figure a reparu, car elle est aussi ancienne que le monde ; elle est l'expression de l'action de Satan dans l'humanité. Elle a eu déjà ses manifestations plus ou moins caractéristiques dont le prophète Daniel fait la description au chapitre VII. Déjà elle a été successivement comme mise à mort. Ses ailes ont été arrachées, elle semble avoir disparu de la terre par la conversion des Gentils et la chute de l'empire romain ; mais ce n'était qu'une mort apparente.

La voici qui, au commencement du VIIᵉ siècle, relève sa tête qu'on croyait abattue. Elle est terrible et formidable, elle a tous les traits réunis des apparences qu'elle avait revêtues précédemment, et l'univers applaudit en la voyant renaître sous cette forme, et des peuples qui avaient juré fidélité au Christ pansent de leurs mains sacriléges la plaie mortelle qu'il avait faite à son ennemi ; car le paganisme a reparu avec le sensualisme du Coran.

Ils admirent ses formes élégantes. Ils s'inclinent sous la puissance qu'elle déploie et qu'ils proclament invincible. Ils acceptent sa domination et affirment sa suprématie par un défi superbe qui venge Satan du cri de l'archange qui le renversa dans les cieux ; et par leur désertion presque générale, ils forment une armée innombrable qui s'élance à la conquête du reste du monde.

4. Et adoraverunt draconem, qui dedit potestatem bestiæ : et adoraverunt bestiam, dicentes : Quis similis bestiæ? et quis poterit pugnare cum ea?

A mesure que l'invasion païenne se répand par le mahométisme d'abord, puis par la renaissance de l'antiquité et par la prétendue réforme, l'abîme s'agrandit et se creuse de plus en plus. L'humanité, séduite et emportée par le vertige, ne craint plus de s'élever contre Dieu même, de blasphémer son saint nom, de souiller son temple et de jurer une haine implacable à tout ce qui est sur la terre l'expression de la justice et de l'éternelle vérité.

5. Et datum est ei os loquens magna, et blasphemias : et data est ei potestas facere menses quadraginta duos.

6. Et aperuit os suum in blasphemias ad Deum, blasphemare nomen ejus, et tabernaculum ejus, et eos, qui in cœlo habitant.

Et cette bête infernale subsiste encore, car il lui a été donné de faire la guerre aux saints et de les vaincre pendant *quarante-deux mois lunaires* dont les jours sont des années.

Douze cent soixante ans.

7. Et est datum illi bellum facere cum sanctis, et vincere eos. Et data est illi potestas in omnem tribum, et populum, et linguam, et gentem,

Et tous ceux qui habitent la terre, qui vivent selon la chair et ses convoitises, et dont les noms ne sont pas inscrits au livre de vie de l'Agneau sans tache immolé depuis le commencement du monde, ont suivi et adoré la bête dont le règne et la figure vont subir une nouvelle transformation.

8. et adoraverunt eam omnes qui inhabitant terram : quorum non sunt scripta nomina in Libro vitæ Agni, qui occisus est ab origine mundi.

Mais il faut que tout ce qui doit périr périsse, et que la terre soit purifiée.

9. Si quis habet aurem, audiat.

Et voici déjà venir la dernière bête, la dernière conception de Satan, le chef-d'œuvre de son infernale intelligence, et la grande épreuve des saints.

10. Qui in captivitatem duxerit, in captivitatem vadet : qui in gladio occiderit, oportet eum gladio occidi. Hic est patientia, et fides Sanctorum.

11. Et vidi aliam bestiam ascendentem de terra, et habebat cornua duo similia Agni, et loquebatur sicut draco.

Celle-ci s'élève de la terre, c'est à la substance corporelle qu'elle emprunte sa forme nouvelle, qui est toute différente de celle qu'elle avait affectée jusqu'alors.

Elle revêt une apparence divine et humaine. Elle ressemble à l'Agneau par sa double puissance spirituelle et matérielle. Elle a la prétention de régner comme lui sur les âmes et sur les corps ; mais on la reconnaît à son langage, qui est celui du dragon.

12. Et potestatem prioris bestiæ omnem faciebat in conspectu ejus : et fecit terram, et habitantes in ea, adorare bestiam primam, cujus curata est plaga mortis.

Sa puissance est égale à celle de la bête qui l'a précédée, en présence et en faveur de laquelle elle vient opérer ses prodiges ; son culte est le même, et le dieu qu'elle apporte au monde a le même nom.

13. Et fecit signa magna, ut etiam ignem faceret de cœlo descendere in terram in conspectu hominum.

Son intelligence dépasse toute intelligence. Elle livre à l'humanité les secrets que Dieu lui tenait cachés et dont le dragon qui l'inspire a la connaissance, et fait descendre le feu du ciel sur la terre en présence de l'univers civilisé qu'elle met en possession de la force vitale désormais livrée à sa discrétion.

14. Et seduxit habitantes in terra propter signa, quæ data sunt illi facere in conspectu bestiæ, dicens habitantibus in terra, ut faciant imaginem bestiæ, quæ habet plagam gladii, et vixit.

Cette bête, c'est le Léviathan de l'Écriture, ce monstre dont Dieu a dépeint lui-même à Job les formes encore inconnues, et qu'il détruira de sa main selon qu'il l'annonce par le prophète Isaïe, au chapitre XXVII, verset 1 et suivants.

15. Et datum est illi ut daret spiritum imagini bestiæ, et ut loquatur imago bestiæ : et faciat ut quicumque non adoraverint imaginem bestiæ occidantur.

L'homme s'est fait le complice de Satan, et depuis plus de trois cents ans il travaille sous son inspiration à susciter le faux prophète par qui la bête du paganisme doit être rajeunie et prendre une nouvelle image que les conquêtes scientifiques feront partout adorer, après lui avoir donné le mouvement, la parole et la vie.

L'univers tout entier, séduit par le prestige de cette fausse civilisation, s'inclinera devant l'image de la bête, dont la personnalité de l'*Antechrist* n'est que la dernière expression humaine.

16. Et faciet omnes pusillos, et magnos, et divites, et pauperes, et liberos, et servos habere characterem in dextera manu sua, aut in frontibus suis:

L'œuvre est commencée, elle poursuit son cours. Au nom d'une liberté illusoire et licencieuse, chacun s'est donné le droit d'être l'esclave du despote qu'il a reconnu et acclamé ; et malheur à qui ne se courbera pas sous sa domination et qui n'aura pas reçu de lui la permission de vivre. Dans ses actes comme dans ses intentions, chacun s'empresse de se marquer au sceau de ses armes, chacun lui demande sa patente, chacun veut être de son temps, en accordant tous les mouvements de son âme à la vibration caractéristique et souverainement puissante du chiffre ou du nom mystérieux de l'incarnation de Satan.

17. et ne quis possit emere, aut vendere, nisi qui habet characterem, aut nomen bestiæ, aut numerum nominis ejus.

Mais il n'est pas difficile de reconnaître que le régime de ce nouveau règne est le retour absolu à l'esclavage et à la barbarie, et que bientôt, si la Providence ne vient à leur secours, l'air de la justice et de la vérité va manquer entièrement aux enfants de Dieu.

18. Hic sapientia est. Qui habet intellectum, computet numerum bestiæ : et numerus ejus sexcenti sexaginta sex.

O Marie ! l'Europe est la grande pécheresse du monde actuel. Puisse-t-elle, comme autrefois Madeleine, reconnaître ses égarements, et touchée de repentir, venir briser et répandre avec ses larmes aux pieds de votre Divin Fils les idoles qu'elle adore et qui servent à ses séductions.

O Marie ! Mère immaculée du Verbe qui s'est fait chair pour détruire le péché dans le monde et combler l'abime qui le sépare de Dieu,

Refuge absolu de tous les pécheurs,

Priez pour nous !

II.

L'ÉGLISE DU CHRIST ET L'ESPRIT MODERNE

Consolatrix afflictorum !

O Marie ! vous êtes la consolatrice des affligés !

O Marie ! notre douleur est immense ! Est-il une douleur qui puisse lui être comparée ?

Nous assistons à votre passion, à la passion de votre Église qui porte sa croix, à l'exemple de votre Divin Fils.

Elle est parfaitement belle votre Église, elle est remplie de la crainte filiale de Dieu. Elle est la fille de Dieu le Père, et l'épouse du Saint-Esprit ; sa demeure est entourée de la Babylone de l'univers.

Daniel l'a vue et il a vu sa passion. Elle se nomme Susanne, parce qu'elle est un lys de blancheur, une rose mystique par sa beauté, son éclat et ses parfums, et qu'elle est la joie de son Époux et de tous ses enfants.

Et sa passion est de tous les temps ; mais elle subit de nos jours l'une de ses plus cruelles épreuves.

C'est Dieu lui-même qui a enseigné Susanne et

DAN. XIII.

1. Et erat vir habitans in Babylone, et nomen ejus Joakim :

2. et accepit uxorem nomine Susannam, filiam Helciæ, pulchram nimis, et timentem Deum :

3. parentes enim illius, cum essent jus-

ti, erudierunt filiam suam secundum legem Moysi.

qui l'inspire, et sa science dépasse toute science.

4. Erat autem Joakim dives valde, et erat ei pomarium vicinum domui suæ : et ad ipsum confluebant Judæi, eo quod esset honorabilior omnium.

Les richesses de son Époux sont immenses, elle en a reçu la pleine et entière jouissance, elle se conforme à sa volonté en les mettant à la disposition de tous ses enfants. C'est elle qui tient la clef de son coffre-fort, qui ressemble à un verger ne produisant que des fruits de vie. Car l'honorabilité de son Époux est extrême, et sa charité à laquelle tous ont recours est inépuisable.

5. Et constituti sunt de populo duo senes judices in illo anno : de quibus locutus est Dominus : Quia egressa est iniquitas de Babylone a senioribus judicibus, qui videbantur regere populum.

Or, dans ce temps, le peuple de Dieu s'est donné pour le conduire dans les voies naturelles de la justice et de la vérité, deux vieillards qui ont l'expérience du passé et en qui il a mis sa confiance. Mais ces deux juges l'égarent, car leur direction est fausse et n'a que l'apparence de la droiture. Ils ont puisé leur science à la source corrompue de toutes les Babylones.

6. Isti frequentabant domum Joakim, et veniebant ad eos omnes, qui habebant judicia.

Ils sont admis dans la maison de l'Esprit-Saint, aux usages duquel ils se conforment en en pratiquant la forme extérieure. Ils se sont installés dans sa demeure comme chez eux ; le malheur des temps l'a permis ; et c'est à eux que s'adressent tous ceux qui ont quelques difficultés judiciaires à résoudre, ou quelques contestations à régler.

7. Cum autem populus revertisset per meridiem, ingrediebatur Susanna, et deambulabat in pomario viri sui.

La maîtresse du logis n'en a conservé que l'usufruit, car ses droits sont restreints ; elle ne pénètre dans son domaine et ne peut s'y promener librement, que lorsque la chaleur du jour et l'agitation extérieure en chassent la foule, et lui permettent d'y goûter la paix et le repos, dans le calme et la pureté des divers exercices de sa vie intérieure.

8. Et videbant eam senes quotidie ingredientem, et deambulantem : et exarserunt

Mais toutes ses démarches sont l'objet d'une jalouse et minutieuse surveillance. Les deux vieillards ont la vue sur elle ; ils épient toutes ses actions, et sont parfaitement au courant de tout ce qu'elle fait. Cette surveillance journalière leur a révélé son incomparable beauté à laquelle ils ne peuvent s'empêcher de rendre hommage. Séduits uniquement par les charmes de sa forme extérieure, et méconnaissant les splendeurs de son âme dont ils ont détourné les yeux, ils brûlent pour elle d'un feu impur.

Leur conscience s'est absolument pervertie et a perdu tout sentiment comme toute expression de justice. Ils ne redoutent plus les jugements de Dieu.

Tous deux ont la même pensée qu'ils rougissent de s'avouer l'un à l'autre, tous deux méditent le même adultère, et souffrent de la même douleur.

Tous deux forment le dessein sacrilége de la corrompre, en lui faisant partager leur infâme passion. Ils veulent en faire le jouet de leurs caprices, et le complaisant instrument de leurs projets civilisateurs.

Ils cherchent à se donner le change sur leurs intentions réciproques, tout en redoublant de soins et de prévenances auprès d'elle. Enfin, pour mieux se tromper, ils feignent de renoncer à leurs projets, et se retirent chacun de son côté sous prétexte de vaquer à leurs affaires intérieures.

Mais leur passion les emporte et les fait bientôt renoncer à tout ménagement ; ils sont contraints de s'ouvrir l'un à l'autre et de se révéler le but commun qu'ils poursuivent. Dès lors ils unissent leurs efforts et concertent leurs mesures pour surprendre Susanne, quand elle se trouvera seule et sans défense.

Or, il arriva que pendant qu'ils épiaient l'instant favorable à leur entreprise, l'Église qui veille avec un soin extrême à la conservation de sa pu-

in concupiscentiam ejus :

9. et everterunt sensum suum, et declinaverunt oculos suos ut non viderent cœlum, neque recordarentur judiciorum justorum.

10. Erant ergo ambo vulnerati amore ejus, nec indicaverunt sibi vicissim dolorem suum :

11. erubescebant enim indicare sibi concupiscentiam suam, volentes concumbere cum ea.

12. Et observabant quotidie sollicitius videre eam. Dixit que alter ad alterutrum :

13. Eamus domum, quia hora prandii est. Et egressi recesserunt a se.

14. Cumque revertissent, venerunt in unum : et sciscitantes ab invicem causam, confessi sunt concupiscentiam suam : et tunc in communi statuerunt tempus, quando eam possent invenire solam.

15. Factum est autem, cum observabant diem aptum, ingressa est aliquando sicut heri et nudius tertius, cum

duabus solis puellis, voluit que lavari in pomario : æstus quippe erat :

reté, voulut, par l'organe du saint Père qui en est le chef, et sous l'inspiration du Saint-Esprit dont il est le principal instrument, mettre sa propre personne, et avec elle tous les enfants qui lui sont confiés, à l'abri de toutes les souillures et de toutes les atteintes extérieures auxquelles les exposait sans cesse la contagion universelle dont ils sont entourés ; car ils vivent au milieu de la Babylone moderne, et le temps était à l'orage. Il ne s'agissait d'abord que de réformes et de mesures d'administration intérieure concernant les gens de la maison, et qui devaient s'accomplir dans le calme du silence et de la simplicité.

16. et non erat ibi quisquam, præter duos senes absconditos, et contemplantes eam.

Avec une confiance sans bornes, à laquelle elle avait cru pouvoir s'abandonner, elle ne s'était réservé l'appui d'aucun moyen naturel pour le succès de son œuvre, et se livrait ainsi sans défense à la merci de ses ennemis qui s'étaient tenus cachés pour mieux l'observer et la surprendre.

17. Dixit ergo puellis : Afferte mihi oleum et smigmata, et ostia pomarii claudite, ut laver.

18. Et fecerunt sicut præceperat : clauserunt que ostia pomarii, et egressæ sunt per posticum, ut afferrent quæ jusserat. Nesciebantque senes intus esse absconditos.

Elle s'était mise en prière, implorant l'Esprit-Saint pour obtenir de lui l'huile de la lumière et les parfums de l'amour ; elle s'était recueillie dans le silence et dans l'attente de ses grâces, elle était absolument seule avec son Dieu, en qui elle avait mis toute son intelligence et tout son cœur. Ses fidèles et intimes serviteurs, obéissant à ses ordres et ignorant entièrement qu'elle était surveillée jusque dans son oratoire, l'avaient laissée dans la solitude de son abandon à Dieu.

19. Cum autem egressæ essent puellæ, surrexerunt duo senes, et accurrerunt ad eam, et dixerunt :

Tout était disposé pour l'accomplissement de cette pensée, lorsque les deux vieillards, qui n'avaient pas cessé de considérer leur victime, la voyant absorbée dans des préoccupations naturelles, auxquelles l'Esprit-Saint ne paraissait avoir aucune part, s'approchèrent d'elle brusquement et ne craignirent pas de lui faire les propositions les plus outrageantes :

Soyez à nous, lui disent-ils, faites avec nous cause commune, consacrez par vos bénédictions et par votre culte nos projets civilisateurs. Introduisez-les dans le domaine soumis à votre administration, le moment est favorable. Vous voulez des réformes, ne vous arrêtez pas en chemin : suivez jusqu'au bout notre exemple, et en vous unissant à nous, montrez à l'univers que ni votre Époux ni vous n'êtes les ennemis de la civilisation moderne, mais que vous en êtes au contraire la sauvegarde et les puissants protecteurs.

20. Ecce ostia pomarii clausa sunt, et nemo nos videt, et nos in concupiscentia tui sumus : quamobrem assentire nobis, et commiscere nobiscum.

Prenez garde, ajoutèrent-ils, si vous nous résistez, si vous repoussez nos avances, nous vous perdrons assurément. Nous avons la faveur du peuple; nous sommes ses oracles, et il ne fait rien que par nous. Nous répandrons partout que vous méditez de trahir la cause du genre humain, que vous condamnez le progrès moderne, que vous êtes l'ennemie de toute civilisation, que vous vous proposez de ramener l'humanité aux errements du moyen âge et aux ténèbres de l'ignorance, et que vous n'avez affecté tant de simplicité, de piété et d'initiative personnelle au début de votre pontificat que pour mieux assurer vos projets.

24. Quod si nolucris, dicemus contra te testimonium, quod fuerit tecum juvenis, et ob hanc causam emiseris puellas a te.

Susanne ne put que gémir : De tous côtés je ne vois qu'angoisses, s'écria-t-elle. Vous écouter et suivre vos conseils, c'est mourir de la mort éternelle, car vous êtes les organes de Satan. Vous repousser, c'est m'exposer à vos coups, car vous êtes les rois de ce monde.

22. Ingemuit Susanna, et ait : Angustiæ sunt mihi undique : si enim hoc egero, mors mihi est : si autem non egero, non effugiam manus vestras.

Mais mon choix est fait à l'avance : il vaut mieux que je tombe innocente entre vos mains que de pécher en présence de mon Dieu.

23. Sed melius est mihi absque opere incidere in manus vestras, quam peccare in conspectu Domini.

Et Susanne éleva la voix comme pour protester

24. Et exclamavit

voce magna Susanna : exclamaverunt autem et senes adversus eam.

25. Et cucurrit unus ad ostia pomarii, et aperuit.

26. Cum ergo audissent clamorem famuli domus in pomario, irruerunt per posticum ut viderent quid nam esset.

27. Postquam autem senes locuti sunt, erubuerunt servi vehementer : quia nunquam dictus fuerat sermo hujuscemodi de Susanna. Et facta est dies crastina.

28. Cumque venisset populus ad Joakim virum ejus, venerunt et duo presbyteri pleni iniqua cogitatione adversus Susannam, ut interficerent eam.

29. Et dixerunt coram populo : Mittite ad Susannam filiam Helciæ, uxorem Joakim. Et statim miserunt.

30. Et venit cum parentibus, et filiis, et universis cognatis suis.

31. Porro Susanna erat delicata nimis, et pulchra specie.

32. At iniqui illi jusserunt ut discooperiretur (erat enim cooperta) ut vel sic satiarentur decore ejus.

et demander du secours ; mais les deux vieillards étouffèrent ses cris et de leur côté ils appelèrent à leur aide, et l'un d'eux, ouvrant toutes les portes, livra l'Église et son domaine aux envahisseurs et à la fureur d'un peuple égaré.

Un cri de surprise et d'indignation s'éleva de toutes parts au sein de la multitude, dès qu'elle eut pris connaissance des rapports mensongers des deux calomniateurs, et parmi les familiers de la maison il s'en trouva même qui se scandalisèrent vivement.

Dès le lendemain de l'événement, traduite à la barre de l'opinion publique et devant le conseil des rois, accusée même devant Dieu d'être infidèle à son Esprit, l'Église ne fut pas même sommée de se défendre et d'expliquer sa conduite ; car ses deux accusateurs demandaient sa mort.

A leur instigation, elle fut d'abord soumise à une surveillance plus rigoureuse et entourée d'espions qui contrôlaient tous ses actes : on lui prodigua les insultes de la plus lâche hypocrisie; les outrages de la brutalité la plus humiliante ne lui furent poin épargnés; sous prétexte de la débarrasser des entraves et des complications d'une administration temporelle, qui devaient nuire à la simplicité de son autorité spirituelle comme à sa beauté d'épouse du Saint-Esprit qu'on l'accusait de méconnaître, on lui enleva presque tous les vêtements extérieurs que les exigences du temps et de la saison rendaient nécessaires à sa protection corporelle comme à son honneur et à sa dignité, afin de mieux révéler sa magnificence en la découvrant à tous les regards.

Sa famille entière et ses proches furent enveloppés dans sa disgrâce.

Tous les peuples étaient attentifs, car tous étaient plus ou moins intéressés à l'issue de ce mémorable procès. Ceux qui lui étaient restés fidèles et qui connaissaient sa pureté, versaient des larmes de douleur.

33. Flebant igitur sui, et omnes qui noverant eam.

La victime innocente est en présence de ses deux accusateurs, qui n'ont pas craint de porter la main sur son auguste personne.

34. Consurgentes autem duo presbyteri in medio populi, posuerunt manus suas super caput ejus.

Elle lève les yeux vers le ciel, et met en Dieu seul toute sa confiance, car nul de ceux qui pouvaient et qui devaient la défendre ne s'est présenté pour la secourir.

35. Quæ flens suspexit ad cœlum : erat enim cor ejus fiduciam habens in Domino.

Les deux vieillards renouvellent leur accusation en termes précis et formels : Pendant qu'en bons catholiques nous remplissions les devoirs que prescrit le christianisme, et qu'en notre qualité de juges, nous exercions les droits que les concordats nous ont conférés, voici que l'Église rentrant secrètement et comme à la dérobée dans ce qu'elle appelle son domaine, escortée de ses deux suivantes, la *science doctrinale* et la *charité* qu'elle tient de son Époux, en a fermé subitement les portes, comme pour nous en interdire l'entrée, et jouir seule de ce qu'elle considère comme sa légitime et exclusive possession. Bientôt elle n'a pas tardé à répudier ses deux compagnes par la condamnation des idées modernes dans leur forme la plus générale : le *philosophisme* et le *libéralisme*.

36. Et dixerunt presbyteri : Cum deambularemus in pomario soli, ingressa est hæc cum duabus puellis : et clausit ostia pomarii, et dimisit a se puellas.

Alors s'est présenté à elle un homme encore jeune, qu'elle devait avoir connu précédemment et qui depuis s'était tenu caché jusqu'alors, car la plus complète intimité s'est établie de suite entre eux. C'était sans doute la personnification de ces doctrines du moyen âge qui ont retenu si long-

37. Venitque ad eam adolescens, qui erat absconditus, et concubuit cum ea.

temps les peuples dans les ténèbres de l'ignorance, et avec laquelle elle ne craignait pas de contracter de nouveau la plus étroite union.

38. Porro nos cum essemus in angulo pomarii, videntes iniquitatem, cucurrimus ad eos, et vidimus eos pariter commisceri.

Par malheur, nous étions seuls à l'extrémité du verger, et nous nous trouvions trop loin du théâtre du crime; à peine avons-nous vu commettre l'iniquité, nous sommes accourus en toute hâte; mais il était trop tard, l'adultère était consommé.

39. Et illum quidem non quivimus comprehendere, quia fortior nobis erat, et apertis ostiis exilivit:

Nous avons fait de vains efforts pour nous emparer du séducteur; mais par sa force et par son âge, il l'a emporté sur nous et nous a échappé en ouvrant lui-même les portes du domaine.

40. hanc autem cum apprehendissemus, interrogavimus, quisnam esset adolescens, et noluit indicare nobis : hujus rei testes sumus.

Nous avons pu saisir sa complice, et nous l'avons interrogée pour savoir ce qu'était ce jeune homme. Elle n'a voulu ni le nommer ni nous donner la moindre indication à son sujet. Voilà le crime que nous affirmons avoir vu et dont nous avons été les deux témoins, et, selon la loi de Moïse, la vérité est avec nous.

41. Credidit eis multitudo quasi senibus et judicibus populi, et condemnaverunt eam ad mortem.

La multitude déjà prévenue contre l'accusée, fascinée par le respect et le prestige dont les dénonciateurs ont su entourer leur autorité, les croit sur parole et condamne Susanne à la mort.

42. Exclamavit autem voce magna Susanna, et dixit : Deus æterne, qui absconditorum es cognitor, qui nosti omnia antequam fiant,

43. tu scis quoniam falsum testimonium tulerunt contra me : et ecce morior, cum nihil horum fecerim, quæ isti malitiose composuerunt adversum me.

Susanne invoque son Dieu et s'écrie : O Dieu éternel, vous qui connaissez tout ce qui est caché, vous qui voyez toute chose avant qu'elle ne s'exécute, vous savez toute la fausseté du témoignage qui vient d'être porté contre moi. Je vais mourir, quoique je n'aie rien fait de ce que ces méchants ont perfidement inventé pour me perdre. Je m'abandonne à votre justice et à votre miséricorde.

44. Exaudivit autem Dominus vocem ejus.

Et Dieu entendit sa voix.

45. Cumque duceretur ad mortem, suscitavit Dominus spiri-

Et lorsqu'on la conduisait à la mort, Dieu suscita et sanctifia l'esprit d'un homme plein de jeunesse, qui se nommait *Daniel*, ou le *Jugement de Dieu*.

tum sanctum pueri junioris, cujus nomen Daniel.

Il s'écria : Je suis pur de ce sang innocent qu'on veut répandre.

46. Et exclamavit voce magna : Mundus ego sum a sanguine hujus.

A ces mots, la multitude se retournant vers lui : Quel discours venez-vous de tenir, lui dit-elle, expliquez-vous, que signifient ces paroles?

47. Et conversus omnis populus ad eum dixit : Quis est iste sermo, quem tu locutus es?

Mais lui, ferme et debout au milieu de la foule qui l'entoure : Êtes-vous donc assez infatués de votre civilisation , vous qui vous dites les fils de l'Église, pour méconnaître tous les droits, pour ne plus distinguer la vérité du mensonge , et pour condamner sans jugement la fille d'Israël ?

48. Qui cum staret in medio eorum, ait : Sic fatui filii Israël, non judicantes, neque quod verum est cognoscentes , condemnastis filiam Israël?

Retournez à votre tribunal , car le témoignage de ceux qui l'ont accusée est faux.

49. Revertimini ad judicium, quia falsum testimonium locuti sunt adversus eam.

Et les peuples revinrent en toute hâte; et les plus anciens dirent à l'homme inspiré: Venez, asseyez-vous au milieu de nous, et soyez désormais notre unique guide, dites-nous ce que nous devons faire. Car Dieu a investi votre front des honneurs et des privilèges réservés aux cheveux blancs : vous êtes l'Oint du Seigneur.

50. Reversus est ergo populus cum festinatione et dixerunt ei senes : Veni et sede in medio nostrum, et indica nobis : quia tibi Deus dedit honorem senectutis.

Et le prophète leur dit : Séparez absolument les deux accusateurs l'un de l'autre, et je vais les confondre par cette seule désunion.

51. Et dixit ad eos Daniel : Separate illos ab invicem procul, et dijudicabo eos.

Et lorsqu'ils furent ainsi séparés et divisés, il en fit appeler un et lui dit :

Corrupteur invétéré de la lumière du jour, toi qui as préparé de longue main les ténèbres de tes opérations perfides, tu es revenu à tes premiers errements, voici l'énumération des crimes que tu as commis :

52. Cum ergo divisi essent, alter ab altero, vocavit unum de eis, et dixit ad eum : Inveterate dierum malorum, nunc venerunt peccata tua, quæ operabaris prius :

Tous les jugements que tu avais reçu autorité

53. judicans judicia injusta, innocentes op-

primens, et dimittens noxios, dicente Domino : Innocentem et justum non interficies.

de prononcer sont contraires à la justice: ils opprimaient l'innocent et délivraient le coupable. Tu as méprisé la parole de Dieu qui dit : Vous ne sacrifierez point l'innocent et le juste.

Et tu as couvert de ta protection et de ta puissance toutes les révoltes de la raison humaine contre Dieu : tu es toi-même cette raison orgueilleuse et rebelle.

Tu te nommes *l'esprit moderne, l'esprit philosophique indépendant,* tu n'es que *la révolte de l'âme et de ses puissances contre la Vérité Éternelle.*

54. Nunc ergo si vidisti eam, dic sub qua arbore vidisti eos colloquentes sibi.

. Et maintenant, si, comme tu l'affirmes, tu as vu le crime dont tu accuses ta victime, dis nous sous quel arbre il s'est consommé.

Qui ait : Sub schino.

Et celui-ci dit : *Sous un lentisque.*

55. Dixit autem Daniel : Recte mentitus es in caput tuum: Ecce enim Angelus Dei, accepta sententia ab eo, scindet te medium.

Et le *Jugement de Dieu* lui répond : Sur ta tête tu mens effrontément.

Il n'y a pas de lentisque dans le verger de Susanne, le domaine de Dieu est un jardin fruitier qui ne produit que des fruits de vie.

Et voici l'Ange du Seigneur porteur de sa sentence, qui va te pourfendre par le milieu.

56. Et amoto eo, jussit venire alium : et dixit ei : Semen Chanaan, et non Juda, species decepit te, et concupiscentia subvertit cor tuum :

Et l'ayant fait éloigner, il fait approcher son complice : *Race de Chanaan et non de Juda,* toi qui n'as de *chrétien* que le nom, tu t'es laissé séduire par la beauté de la forme corporelle, *tu as rêvé une grande et royale conquête* : la concupiscence a bouleversé ton cœur et égaré ta raison.

57. sic faciebatis filiabus Israël, et illæ timentes loquebantur vobis : sed filia Juda non sustinuit iniquitatem vestram.

Vous avez cru l'un et l'autre pouvoir en agir avec l'Église comme vous êtes habitués à le faire avec les filles d'Israël qui se sont dérobées à son obéissance. Mais il n'en est pas ainsi de la fille de Juda : elle n'a pas répondu à votre iniquité, elle est restée fidèle à son Divin Époux. Votre langage et vos actes ne sauraient lui plaire; elle ne peut en con-

sacrer l'injustice qui ne convient qu'aux nations
païennes revêtues de la robe du Christ.

Mais elle a su discerner vos pensées , l'Esprit-
Saint lui a montré le fond de vos cœurs.

Ton complice est *la révolte de l'esprit* , et toi tu
te nommes *la révolte des sens.*

Vous êtès *l'âme et le corps de la renaissance
du paganisme , à vous deux vous êtes le précur-
seur de l'Antechrist.*

Et maintenant, sous quel arbre s'est consommé
le crime dont tu accuses ta victime ?

58. Nunc ergo dic mihi sub qua arbore comprehenderis eos loquentes sibi.

Et il répondit : *Sous un chêne vert.*

Qui ait : Sub prino.

Et le *Jugement de Dieu,* lui répond :

Et toi aussi, sur ta tête, tu n'es qu'un menteur
impudent : *il n'y a pas plus de chêne vert que de
lentisque dans le verger de Dieu, ni l'un ni l'autre
ne donnent des fruits de vie.*

59. Dixit autem ei Daniel: Recte mentitus es et tu in caput tuum : manet enim Angelus Domini, gladium habens, ut secet te medium, et interficiat vos.

L'Ange du Seigneur vous confond par vos propres
paroles ; il t'attend tenant son glaive pour te couper
en deux comme ton complice , et vous mettre à
mort tous les deux par cette double division.

Alors toute l'assemblée fit entendre de grandes
acclamations, et tous bénirent le Seigneur qui sauve
ceux qui espèrent en lui.

60. Exclamavit itaque omnis cætus voce magna, et benedixerunt Deum, qui salvat sperantem in se.

Et ils se soulevèrent contre les deux vieillards
que le *Jugement de Dieu* avait convaincus de faux
témoignage par la déclaration deux fois mensongère sortie de leur propre bouche, et ils leur ren-
dirent tout le mal qu'ils avaient fait au prochain.

61. Et consurrexerunt adversus duos presbyteros (convicerat enim eos Daniel ex ore suo falsum dixisse testimonium) feceruntque eis sicut male egerant adversus proximum,

Dieu permit qu'il leur fût fait suivant *la loi de
crainte,* parce qu'ils avaient méconnu et outragé
la loi d'amour. Et ils furent mis à mort, et le sang
innocent fut sauvé en cette circonstance.

62. ut facerent secundum legem Moysi, et interfecerunt eos, et salvatus est sanguis innoxius in die illa.

63. Helcias autem et uxor ejus laudaverunt Deum pro filia sua Susanna, cum Joakim marito ejus, et cognatis omnibus, quia non esset inventa in ea res turpis.

Et le ciel répondit aux félicitations de la terre. La Trinité Divine et la Vierge Immaculée bénirent de nouveau l'Église et son bien-aimé Pontife et avec eux tous leurs parents et leurs proches, parce qu'ils avaient conservé l'honneur et la dignité de l'épouse du Saint-Esprit dans sa première et entière pureté.

64. Daniel autem factus est magnus in conspectu populi a die illa, et deinceps.

Et à dater de ce jour, celui que Dieu avait choisi pour être *l'expression vivante de son jugement*, le sauveur de l'Église et de la civilisation chrétienne, fut l'objet de la vénération et de l'amour de tous les peuples de l'univers.

O Marie ! l'Église monte à son calvaire, la condamnation est prononcée ; l'heure de l'exécution est proche.

Marie ! vos enfants mettent toute leur confiance en vous. La prophétie de Daniel sera accomplie, vous sauverez l'Église dont vous êtes la Mère. Vous l'arracherez à la fureur de ses ennemis par cette même voix qui vous a proclamée Immaculée, par le Souverain Pontife-Roi, notre bien-aimé Père Pie IX, que vous avez fait votre chevalier d'honneur et à qui vous avez confié sa défense et la vôtre.

Marie ! Consolatrice des affligés, sauvez-nous et mettez un terme à notre profonde affliction.

65. Et rex Astyages appositus est ad patres suos, et suscepit Cyrus Perses regnum ejus.

Au moment même où les deux judicatures imposées aux États modernes de Juda par la souveraineté populaire reçoivent chacune de leur côté le juste châtiment de leur criminelle tentative sur l'Église et sur son auguste Chef dont ils ont usurpé les droits, l'Esprit-Saint fixe deux événements politiques de la plus haute importance.

Le personnage qui exerce l'autorité monarchique en Italie formant la Médie de la région catholique a cessé d'exister ; il a encore la consolation d'être enseveli dans le tombeau de ses pères, au sein du premier berceau de ses États.

Le chef du gouvernement impérial a un sort plus lamentable et plus obscur ; l'Écriture signale cette humiliation par son silence, elle se borne à dire que Cyrus, le Christ du Seigneur, Perse par son père, et Mède par sa mère, réunit sous son sceptre les deux royaumes et devient l'arbitre temporel de l'univers.

III.

L'HUMANITÉ ET L'ESPRIT MODERNE.

Auxilium Christianorum !

O Marie ! vous êtes la véritable auxiliatrice des chrétiens.

Vous êtes cette femme forte de l'Écriture qui délivre le peuple de Dieu.

Vous êtes la Judith de tous les temps qui met à mort tous les Holophernes qui détournent la source d'eau vive.

Vous êtes l'Esther de tous les âges qui doit au Mardochée Divin la gloire et la puissance de son élévation pour les faire servir à la défense de sa nation contre les odieuses tentatives de l'Aman infernal.

Vous êtes, Marie, la Vierge Immaculée revêtue de la *force de Dieu même* et renversant tous les obstacles inventés et accumulés par Satan.

Mais quel est donc le danger qui menace plus particulièrement notre siècle ? Quelle est sa forme réelle et quels sont ses caractères distinctifs ?

L'ennemi est toujours le même ; c'est *l'adver-
saire personnel de Dieu, Lucifer, l'ange déchu*,
dont la haine et la fureur ont conservé leur liberté
d'action jusqu'à la consommation des temps, pour
l'accomplissement du plan divin.

L'homme s'est fait sa victime, et il la poursuit
partout, en tout temps, en tous lieux, continuant
ses attaques et en variant la nature et la forme,
suivant les circonstances et les situations de
l'humanité.

L'Écriture sainte résume dans la personne de
Job et dans les épreuves auxquelles Dieu l'abandonne, toutes les péripéties de ce drame infernal.

Les détails de cette histoire renferment plus
d'un enseignement. Ils ont tous leur signification
particulière, ils ont été dictés par l'Esprit-Saint et
ils jettent sur la situation présente les plus extra-
ordinaires comme les plus vives clartés.

Job est l'homme d'épreuve et de douleur. Il
représente l'humanité aux prises avec la situation
que la tache originelle lui a faite, gardant encore
au sein de son être l'unique et dernier rayon
incorruptible de lumière par lequel elle peut être
ramenée à Dieu, mais exposée à tous les coups de
la rage de celui qui l'a entraînée dans sa ruine et
qui veut l'y retenir.

JOB. I.
1. Vir erat in terra
Hus, nomine Job, et
erat vir ille simplex,
et rectus , ac timens
Deum, et recedens a
malo :

Job est cette portion de l'humanité qui est
demeurée simple, juste, et craignant Dieu au
milieu de la défaillance universelle.

Son mouvement vital, bien que dépouillé des
grandeurs qu'il peut atteindre et qu'il a connues
dans le paradis terrestre, bien que réduit à sa
dernière, à sa plus craintive expression, a conservé
sa justesse et son harmonie initiales.

2. natique sunt ei
septem filii, et tres
filiæ.

Car Dieu a béni cet esprit de crainte ; il a sept
fils et trois filles : ce sont les *sept rayons* et les

trois personnalités de sa force vitale, qui marquent les sept étapes principales de la vibration de son âme et les trois manifestations de ses puissances.

Ses biens sont considérables : ce sont les fruits divers de bénédictions par lesquels Dieu s'est plu à consacrer d'une manière sensible la justesse naturelle de son activité, et qu'il lui donne comme auxiliaires pour les nécessités de son existence temporelle.

Les opérations de cette activité sont le festin continuel de son âme et en constituent la vibration, *verbum*, dont chacun des sept rayons ou éléments gradués fait à son tour et successivement les frais, et auquel sont constamment convoquées les trois puissances de *volonté, d'intelligence* et d'*amour*.

Telle était l'évolution quotidienne de sa vibration vitale, dont le terme était un sacrifice général offert par l'âme pour racheter et sanctifier toutes les faiblesses, toutes les imperfections de ses éléments, et qui confondait tous ensemble, dans une même unité d'action, les enfants et leur père dont la vigilance matutinale les précédait et les suivait dans toutes leurs opérations.

3. Et fuit possessio ejus septem millia ovium, et tria millia camelorum, quingenta quoque juga boum, et quingentæ asinæ , ac familia multa nimis : eratque vir ille magnus inter orientales.

4. Et ibant filii ejus, et faciebant convivium per domos, unusquisque in die suo. Et mittentes vocabant tres sorores suas ut comederent et biberent cum eis.

5. Cumque in orbem transissent dies convivii, mittebat ad eos Job, et sanctificabat illos, consurgensque diluculo offerebat holocausta pro singulis. Dicebat enim : Ne forte peccaverint filii mei, et benedixerint Deo in cordibus suis. Sic faciebat Job cunctis diebus.

Mais si Job est demeuré juste dans l'*exercice actif* intégral de sa force vitale naturelle, Dieu veut l'éprouver dans l'*exercice de sa passivité*, et soumettre *sa patience* à la souffrance de la douleur.

Il permet au tentateur universel dont la nature est inexorable, de servir d'instrument à sa volonté. Job perd en un instant le fruit de tous ses travaux et de *cette activité harmonique* qui faisait de lui le plus grand de tous ceux qui ont gardé leur relation naturelle avec la *Porte orientale* d'où s'échappe et se répand *la source de la vie*.

Ses biens extérieurs lui sont ravis : sa force vitale

est abaissée à un niveau inférieur encore à celui qu'elle avait gardé. Elle est privée momentanément de sa dernière communication perceptible avec la source divine. Tout rayon lumineux semble s'éteindre, toute puissance spirituelle disparaître dans les ténèbres de la mort.

L'âme existe toujours ; mais elle n'a plus que le dernier souffle de l'esprit qui la retient au-dessus du néant. Son dénuement est aussi complet que possible. C'est le premier degré de la plus radicale épreuve.

Cependant au milieu de ce désastre général, de cette indigence absolue, elle a gardé sa fidélité : elle accepte la situation qui lui est faite et ne veut rien y changer.

L'ennemi n'est pas satisfait, et Dieu permet que l'épreuve atteigne son extrême rigueur.

L'esprit a été frappé jusqu'à sembler en mourir ; la substance sera atteinte dans son essence ; sa forme sera compromise et menacée d'une entière dissolution. Alors l'épreuve est complète, la souffrance est portée à son comble. L'âme est absolument atteinte dans sa substance et sa force vitale, et ne peut descendre plus bas dans sa passion sans cesser d'exister et de vivre,

Que va-t-elle devenir ? Que va-t-elle faire ? Deux voies se présentent à elle : la *révolte* et la *résignation*. Devant le spectacle de sa misère, dont elle considère et compte tous les désastres, Satan, qui veut sa perte, ne saurait lui conseiller que la première, et ses *trois puissances*, livrées à elles-mêmes, et privées de leur *centre lumineux naturel*, avec les raisonnements subtils et individuels que l'esprit mauvais leur inspire, l'inclinent au fond vers ce parti. Chacune, emportée par une *activité indépendante*, prend la parole à son tour au sein de sa pensée ; en cherchant à la dissuader de sa prétendue innocence et en insistant sur ses erreurs, elle tend à l'exaspérer, à lui enlever sa confiance et à la porter au désespoir.

L'âme résiste, proteste de sa non complicité aux désordres qui se manifestent en elle, et rend hommage à la justice et à la sainteté de *Celui* à qui elle doit tout et qui dispose des biens comme des maux en ce monde, dans l'intérêt seul de l'éternité.

Les puissances répliquent. L'âme ne se laisse pas entraîner, mais elle souffre plus cruellement encore de ce terrible combat entre *le sentiment et la raison* dont elle est le sujet et le théâtre. Elle est sur le point de succomber, lorsque le *cri de la conscience, Eliu,* de ce point central immaculé qui est resté vivant, se réveille en elle avec toute son énergie, et rend à la dernière étincelle de sa force vitale prête à s'éteindre une vigueur que Dieu lui-même vient confirmer.

Le ciel s'ouvre ; les clartés de la lumière incréée viennent illuminer l'obscurité de sa demeure, et l'âme entend des paroles qu'elle avait jusque-là ignorées.

Dieu lui montre les mystères de la vie ; il lui en révèle les dispositions et les lois principales. Il raconte les merveilles qu'il a opérées dans l'univers, et dans la description qu'il lui en fait, il fait apparaître deux grandes figures sur lesquelles il fixe particulièrement son attention, par les développements précis et singuliers dans lesquels il entre.

L'une est la forme générale *de la force vitale animalisée* qu'il a voulu donner pour auxiliaire à l'homme, afin d'alléger le poids et d'adoucir la rigueur du travail personnel auquel il devra le condamner. Il lui montre ce *Behémoth,* la bête de

JOB. CAP. XL.
10. Ecce, Behemoth, quem feci tecum, fœnum quasi bos comedet :

trait et de somme, l'animal domestique en général, modèle de puissance et de soumission, et qui

15. Huic montes herbas ferunt.

entretient la force qui l'anime par l'assimilation de l'herbe des montagnes qu'il a faite exprès pour

14. Ipse est principium viarum Dei, qui fecit eum, applicabit gladium ejus.

lui. Il lui en décrit la vigueur, la vertu, qui en font le principal instrument docile qu'il a organisé lui-même, et dont il applique et conforme la puissance aux divers besoins de l'homme.

18. Ecce, absorbebit fluvium, et non mirabitur : et habet fiduciam quod influat Jordanis in os ejus.

Celui-ci le soumettra à tous ses caprices et en fera le compagnon fidèle et obéissant de tous ses travaux ; car sa confiance qui ne doute de rien et sa douceur sont égales à sa force ; et c'est ainsi que

19. In oculis ejus quasi hamo capiet eum, et in sudibus perforabit nares ejus.

Dieu résout en faveur de sa créature privilégiée le problème de cette alimentation laborieuse qu'elle ne doit obtenir de la terre après sa déchéance qu'à la sueur de son visage, en lui donnant un aide capable de faire sous sa conduite la plus grande partie du travail auquel elle doit rester assujettie.

A côté de cette figure pacifique et réelle, Dieu place celle de *Léviathan ;* mais avant de décrire ses formes extérieures encore inconnues, il pose à l'humanité les questions suivantes :

20. An extrahere poteris Leviathan hamo, et fune ligabis linguam ejus ?

Crois-tu pouvoir traiter Léviathan comme Béhemoth ? Crois-tu pouvoir t'en emparer et te rendre maîtresse de ses mouvements ?

21. Numquid pones circulum in naribus ejus, aut armilla perforabis maxillam ejus ?

Crois-tu pouvoir le dompter en imposant un frein à ses naseaux, ou un mors à ses mâchoires ?

22. Numquid multiplicabit ad te preces, aut loquetur tibi mollia ?

Crois-tu qu'il t'adressera ses supplications comme à un maître, et qu'il se soummettra avec douceur ?

23. Numquid feriet tecum pactum, et accipies eum servum sempiternum ?

Espères-tu qu'il fasse un pacte d'alliance avec toi, et que tu puisses compter sur la fidélité de son service ?

24. Numquid illudes

Pourras-tu en faire le jouet de tes caprices, et

le rangeras-tu irrévocablement au nombre de tes serviteurs?

ei quasi avi, aut ligabis eum ancillis tuis?

Tes amis pourront-ils en disposer à leur gré, et deviendra-t-il l'objet des spéculations commerciales?

25. Concident eum amici, dividunt illum negotiatores?

Crois-tu pouvoir en faire pleinement la conquête, et le prendre dans tes filets comme un poisson?

26. Numquid implebis sagenas pelle ejus, et gurgustium piscium capite illius?

Puis Dieu ajoute :

Si tu essaies de porter la main sur lui pour t'en emparer, souviens-toi de la guerre, car c'est un être rebelle et indomptable. Crois moi, cesse de t'en occuper et renonce à toute tentative et aux espérances que tu peux concevoir à son sujet.

27. Pone super eum manum tuam : memento belli, nec ultra addas loqui.

Car ces espérances, si tu parviens à les réaliser, demeureront vaines ; tu n'en retireras que déception, et tu ne fais que lui préparer, ainsi qu'à toi-même, une chute éclatante et terrible.

28. Ecce, spes ejus frustrabitur eum : et videntibus cunctis præcipitabitur.

Tels sont les avertissements et les conseils dont Dieu fait précéder la description de Léviathan, afin de détourner l'homme de la pensée qui lui sera suggérée un jour de découvrir et de révéler sa forme sensible.

Je n'aurai point la cruauté de le susciter, reprend le Seigneur, et si je ne l'ai point fait, ce n'est point par impuissance ; qui peut en effet résister à l'expression de ma volonté?

CAP. XLI.
1. Non quasi crudelis suscitabo eum : quis enim resistere potest vultui meo?

A qui suis-je redevable, moi qui dispose en maître de tout ce que j'ai créé?

2. Quis ante dedit mihi, ut reddam ei? Omnia quæ sub cœlo sunt, mea sunt.

Je n'ai point à le ménager, et je n'écouterai ni les paroles audacieuses ni les supplications qui me seront adressées en sa faveur.

3. Non parcam ei, et verbis potentibus, et ad deprecandum compositis.

Qui sera assez téméraire pour révéler la figure de sa forme extérieure? Qui découvrira le secret

4. Quis revelabit faciem indumenti ejus? Et in medium oris ejus quis intrabit?

de sa substance et de sa constitution? Qui pénétrera au sein de sa forme extérieure?

5. Portas vultus ejus quis aperiet? Per fgyrum dentium ejus formido?

Qui ouvrira les portes de son être pour le mettre en communication avec les autres êtres de la création? Qui donnera à ses organes leur appareil de sensibilité corporelle? Qui lui ouvrira la mâchoire et comptera la rangée formidable de ses dents?

6. Corpus illius quasi scuta fusilia, compactum squamis se prementibus.

Son corps, comme enchaîné par des écailles qui se recouvrent exactement, ressemble à un groupe compact de boucliers d'airain.

Ce sont les machines en général, dont les diverses parties ordinairement en métal fusible et ajustées avec une parfaite précision, se pressent les unes contre les autres.

7. Una uni conjungitur, etj ne spiraculum quidem incedit per eas.

L'un s'unit tellemement à l'autre qu'il n'y a entre eux aucun jeu, aucun intervalle.

8. Una alteri adhærebit, et tenentes se nequaquam separabuntur.

Et ses éléments sont si bien adaptés que leur adhérence est parfaite et que rien ne peut les séparer.

Les rouages, les engrenages, les diverses pièces qui composent tout mécanisme, et dont les dispositions et les proportions rigoureusement exactes, en atténuant la perte de forces vives, produisent par la compression l'adhérence et la résistance brutale.

9. Sternutatio ejus splendor ignis, et oculi ejus, ut palpebræ diluculi.

Son éternuement a la splendeur du feu, et de ses yeux s'échappe une clarté qui a la teinte rosée de l'aurore et qui croît comme le jour à mesure que ses paupières se dilatent.

L'étincelle électrique dont la lumière est la manifestation par la substance corporelle de la force vitale à l'état dynamique ou dans tout le dégagement de sa puissance.

10. De ore ejus lampades procedunt, sicut tedæ ignis accensæ.

De sa bouche procèdent des lampes ardentes et qui brillent comme des charbons de feu incandescents.

Les gaz combustibles, leurs usages, et les divers systèmes d'éclairage artificiel.

De ses narines procède une fumée qui ressemble à la vapeur s'échappant d'une marmite posée sur le feu et remplie d'eau bouillante.

11. De naribus ejus procedit fumus, sicut ollæ succensæ atque ferventis.

La vapeur d'eau et ses diverses applications.

Son souffle excite l'ardeur des charbons allumés, comme si la flamme sortait de sa bouche.

12. Halitus ejus prunas ardere facit, et flamma de ore ejus egreditur.

Les grandes machines soufflantes et tous les procédés artificiels inventés pour développer l'activité du feu.

La force résidera dans le haut de sa colonne vertébrale, et l'indigence précédera sa face.

13. In collo ejus morabitur fortitudo, et faciem ejus præcedit egestas.

La force reproduite par le jeu des machines réside et s'accumule dans la portion de l'appareil qui met en relation le foyer de consommation, d'où elle se dégage avec les organes extérieurs destinés à en manifester les effets. Les aliments nécessaires à leur nutrition et à la production de force qui en résulte, sont si considérables que leur absorption épuise les ressources naturelles des lieux où ces machines fonctionnent; ce sont des consommateurs dont l'appétit exagéré est une cause d'appauvrissement et de disette générale.

Les membres de son corps sont formés d'une substance cohérente et tenace. Il lance et dirige la foudre avec une précision parfaite, et résiste à son épreuve.

14. Membra carnium ejus cohærentia sibi : mittet contra eum fulmina, et ad locum alium non ferentur.

Les grands engins de guerre pour l'attaque et pour la défense, tels que les pièces d'artillerie, les armes à feu, les vaisseaux cuirassés, les puissantes machines électriques et leurs applications quelconques effectuées ou possibles.

Son cœur s'endurcira comme la pierre, et se resserrera comme le fer martelé de l'enclume du forgeron.

15. Cor ejus indurabitur tanquam lapis, et stringetur quasi malleatoris incus.

Les machines sont des êtres inintelligents et sans cœur : plus elles sont puissantes, plus elles sont brutales, inexorables et sans pitié, sans discernement dans la marche insensée et aveugle de leurs opérations. Quoi qu'il fasse, l'homme ne parviendra jamais à exécuter une machine qui puisse se passer de sa direction et le suppléer entièrement.

16. ·Cum sublatus fuerit, timebunt angeli, et territi purgabuntur.

Lorsque Léviathan aura reçu la forme sensible dont l'orgueil de l'homme aura revêtu sa forme substantielle ou intérieure qu'il aura dérobée à Dieu, tout être, resté fidèle à la justice et à l'harmonie de la nature, recevra le contre-coup de cette apparition. Il sera saisi de crainte et subira toutes les impressions d'une profonde terreur. Les œuvres de Dieu seront atteintes et compromises, *car tout l'équilibre de la force vitale répandue dans l'univers sera gravement troublé,* et cette perturbation impie ne peut manquer d'avoir ses expiations et ses purifications.

17. Cum apprehenderit eum gladius, subsistere non poterit neque hasta, neque thorax.

Lorsque l'humanité s'en sera emparé pour en faire l'arme essentielle de sa puissance, ni la lance ni la cuirasse ne pourront plus subsister.

18. Reputabit enim quasi paleas ferrum, et quasi lignum putridum, œs.

Pour lui le fer n'aura pas plus de résistance que la paille, et l'airain que du bois pourri.

19. Non fugabit eum vir sagittarius, in stipulam versi sunt ei lapides fundæ.

L'archer ne le mettra point en fuite, les pierres de la fronde ne seront pour lui qu'un brin de chaume.

20. Quasi stipulam æstimabit malleum, et deridebit vibrantem hastam.

La massue de guerre n'aura pas plus de valeur, et il se rira de la lance et du javelot.

L'invention de la poudre à canon et des armes à feu a complètement annihilé tout le système des armes anciennes et naturelles, elle les a rendu inutiles pour la plupart, ou a diminué considérablement l'importance de celles qui sont encore en usage. La machine a remplacé l'outil, et l'emploi de la vapeur et de l'électricité a permis à l'homme de vaincre toutes les résistances de la nature.

Il tiendra en sa puissance le rayonnement de la vibration solaire dont il disposera à son gré ; il étendra comme de la terre détrempée l'or le plus précieux de tous les métaux.

21. Sub ipso erunt radii solis, et sternet sibi aurum quasi lutum.

La photographie, la galvanoplastie.

Il fera bouillonner comme une marmite la mer profonde, dont les flots s'élèvent et s'abaissent comme des parfums liquides en ébullition.

22. Fervescere faciet quasi ollam profundum mare, et ponet quasi cum unguenta bulliunt.

La navigation par la vapeur ou l'électricité substituées aux moteurs de la nature, et produisant un bouillonnement artificiel.

Il laissera derrière lui une trace lumineuse, et fera disparaître l'étendue de l'espace comme un vieillard qui s'éteint.

23. Post eum lucebit semita, æstimabit abyssum quasi senescentem.

Les chemins de fer et la télégraphie électrique.

Il n'y a pas sur la terre une puissance qui lui soit comparable, et il a été fait pour ne redouter aucune domination supérieure.

24. Non est super terram potestas, quæ comparetur ei, qui factus est, ut nullum timeret.

Il est l'expression synthétique de la force vitale répandue dans l'univers, élevée à son maximum de valeur. Il est le suprême agent révolté. Il est le roi qui commande à tous les enfants de l'orgueil.

25. Omne sublime videt, ipse est rex super universos filios superbiæ.

Que signifient ces paroles ? A qui s'applique cette description ? Quel est le monstre que Dieu désigne à Job et à l'humanité comme un être dangereux et malfaisant et que, dans leur intérêt, ils ne doivent pas essayer de produire ?

Les passages suivants tirés d'Esdras font disparaître toute ambiguïté, et achèvent d'éclairer l'interprétation du livre de Job.

IV. ESDRAS VI.

42. Et tertia die imperasti aquis congregari in septima parte terræ : Sex vero partes siccasti et conservasti, ut ex his sint coram te ministrantia seminata a Deo, et culta.

Lors du troisième acte d'organisation de la substance créée, Dieu a réuni l'élément liquide dans la septième partie du globe terrestre qu'il vient de former, il a desséché et conservé les six autres pour en tirer par voie de semence et de culture les êtres qui doivent plus particulièrement lui rendre hommage et témoigner sa grandeur.

43. Verbum enim tuum processit, et opus statim fiebat.

Et à mesure que la parole de Dieu émanait de son essence comme une vibration, aussitôt l'œuvre correspondante apparaissait dans la substance obéissante qui venait de la recevoir et qui la reproduisait fidèlement.

47. Quinto autem die dixisti septimæ parti, ubi erat aqua congregata, ut procre
ret animalia, et volatilia, et pisces : et ita fiebat.

Et au cinquième acte d'organisation, Dieu commanda à cette septième partie humide répandue en eau à la surface du sol ou disséminée en vapeur dans son atmosphère, de procréer des êtres animalisés sous la forme de poissons et de volatiles ; et cela se faisait ainsi.

48. Aqua muta, et sine anima, quæ Dei nutu jubebantur animalia faciebat, ut ex hoc mirabilia tua nationes enarrent.

La substance aqueuse, silencieuse et dépourvue d'âme, bien que possédant la force vitale qui lui est propre, mais encore à l'état libre et non retenue dans des circonscriptions formelles de la nature même de son essence, donnait naissance à des êtres automoteurs qui recevaient au signe de Dieu l'ordre d'apparaître, pour venir accroître le nombre des créatures organisées destinées à proclamer ses magnificences, en revêtant les âmes qu'il venait de former.

49. Et tunc conservasti duas animas : nomen uni vocasti Henoch, et nomen secundæ vocasti Leviathan,

Et ce fut alors que parmi toutes ces âmes animalisées par la substance aqueuse, Dieu conserva deux âmes, deux réservoirs, deux formes substantielles de force vitale, auxquelles il ne donna pas leurs formes extérieures, et qu'il appela la première de son nom *Hénoch*, la seconde de son nom *Léviathan*.

50. et separasti ea ab alterutro. Non enim

Et il les sépara l'une de l'autre, et il ne les revêtit pas de leur forme sensible et corporelle, parce que leur nature et leur constitution étaient telles que la septième partie où se trouvait réuni l'élément liquide ne pouvait les contenir intégralement.

poterat septima pars, ubi erat aqua congregata, capere ea.

Et il donna pour demeure à cette âme qui se nomme *Hénoch*, l'une des parties terrestres qu'il avait desséchées lors du troisième acte d'organisation, afin qu'elle y fît sa résidence. Et cette sixième partie de la masse desséchée est la portion de la croûte supérieure du globe dominant le niveau des mers, et parsemée des aspérités montueuses qui sont les traces et les témoins des premières révolutions que la terre a subies au début de son organisation.

51. Et dedisti Henoch unam partem, quæ siccata est tertio die, ut habitet in ea ubi sunt montes mille.

Mais Dieu donna à l'âme nommée *Léviathan* la septième partie liquide, et il se la réserva expressément dans son état de forme intérieure, afin qu'elle servît sous la direction exclusive de sa volonté à la consommation des autres êtres organisés, selon les exigences de leur nature, comme selon les temps et les circonstances.

52. Leviathan autem dedisti septimam partem humidam, et servasti eam, ut fiat in devorationem quibus vis, et quando vis.

Et au sixième acte d'organisation, Dieu commanda à cette sixième partie de la masse solide de produire tous les animaux terrestres, les bêtes d'aide, les bêtes sauvages et les reptiles.

53. Sexto autem die imperasti terræ, ut crearet coram te jumenta, et bestias, et reptilia :

Et pour terminer son œuvre, Dieu fit Adam, qu'il établit chef de tous les êtres qu'il avait précédemment organisés.

54. et super his Adam, quem constituisti ducem super omnibus factis, quæ fecisti.

Et maintenant il est possible d'achever l'interprétation de ce sujet.

Hénoch et *Léviathan* sont les deux grands représentants généraux de la force vitale que Dieu a répandue dans le monde, sous ses deux modes statique et dynamique que la science appelle l'*électricité terrestre* et l'*électricité atmosphérique*, et qui sont nécessaires à la production, à l'entretien et au développement des êtres organisés.

Hénoch confié au sol terrestre, en revêtant les formes corporelles, devient le principe moteur initial du règne animal. C'est lui qui, déposé dans les germes ou centres congrégateurs des différents êtres qui composent ce règne, et dont il est la vertu, leur donne les rudiments de leur valeur attractive et impulsive et de leur triple puissance vitale de mouvement, de lumière et de chaleur.

Ce sont là les sujets livrés ensuite à l'activité vivifiante de Léviathan ou de la force vitale dynamique, qui achève l'œuvre d'Hénoch en la fécondant.

Ainsi deux époux d'essence identique, mais dont les fonctions sont distinctes et les centres d'opération habituellement séparés, ne cessent de concourir par leur tendance à l'unité qui les consomme dans un but de fructification.

Léviathan tient sa résidence dans les nuées atmosphériques : c'est là le grand réservoir, où tous les êtres plus ou moins organisés des différents règnes de la nature puisent incessamment les aliments nécessaires à l'entretien et au développement de leur vie, et où ils restituent ce qu'ils lui ont emprunté pendant tout le cours de leurs évolutions vitales.

C'est un magasin général dont les richesses sont immenses, et ont toutes néanmoins leur emploi ; car Dieu en a fixé rigoureusement *le poids, le nombre et la mesure*, et il s'en est réservé jusqu'à la consommation des temps la distribution continue et providentielle, pour conserver et entretenir l'équilibre et l'harmonie de l'univers, en les mettant à la disposition de tous les êtres qu'il a voulus, et dont il a lui-même organisé et manifesté la forme ; c'est donc un dépôt sacré auquel il n'est pas permis de toucher, à moins d'introduire dans cette harmonie générale une perturbation d'autant plus profonde que les détournements seront plus considérables et plus continus.

Et voilà pourquoi Dieu, qui voyait dans la suite des temps la pensée de l'ange déchu et celle de l'homme devenu son complice, voulait mettre ce dernier en garde contre les suprêmes et déplorables conséquences de la séduction infernale, par des avertissements formels et précis, qui ne lui laissaient point ignorer la gravité du danger auquel il consentirait à s'exposer.

Il lui faisait connaître par la bouche d'Isaïe les châtiments qui en seraient la suite.

Is. xxvii.

En ce jour, avait dit le Seigneur, au jour où j'opérerai la congrégation de mon peuple, je viendrai visiter le monde, tenant à la main mon glaive à la trempe dure, à la dimension formidable, à la puissance irrésistible, avec lequel je frapperai sur Léviathan, le *serpent levier*, le *serpent moteur ou mécanique*, le serpent tortueux dont l'homme a révélé toutes les formes sous l'inspiration de Satan qui en est le type, et je mettrai à mort le monstre qui infeste tout l'univers.

1. In die illa visitabit Dominus in gladio suo, duro, et grandi, et forti, super Leviathan serpentem vectem, et super Leviathan serpentem tortuosum, et occidet cetum, qui in mari est.

Et en ce jour, ma vigne bien-aimée, qui produit le vin dont je fais mes délices, fera entendre en mon honneur des chants de joie et de triomphe.

2. In die illa vinea meri cantabit ei.

Je suis le Seigneur qui la garde, et je viendrai inopinément me désaltérer de son breuvage : je veille sur elle nuit et jour et je la protége, de peur qu'elle ne vienne peut-être, elle aussi, à être visitée par le monstre que je veux frapper.

3. Ego Dominus, qui servo eam, repente propinabo ei : ne forte visitetur contra eam, nocte et die servo eam.

Le monstre est debout. Il a revêtu successivement, une à une, toutes les formes que Dieu avait signalées à Job.

Job qui, dans l'excès de sa douleur, avait pu maudire la nuit de sa conception et le jour de sa naissance, Job dont le regard prophétique apercevait dans le lointain des temps ceux qui, maudissant et repoussant aussi le jour des œuvres de Dieu, maudiraient aussi la nuit de la souffrance attachée à la condamnation originelle, et qui, dans l'espoir d'échapper à son étreinte, étaient prêts à susciter le faux jour de Léviathan, Job, en présence du grand enseignement que Dieu daignait lui révéler, avait persisté dans la simplicité et la justice, en acceptant humblement et jusqu'à la fin l'épreuve qu'il lui avait imposée, en s'inclinant ainsi sous sa volonté souveraine.

Il avait obtenu grâce pour les révoltes de la nature et les prétentions insensées de ses trois puissances, dont les raisonnements prétentieux avaient irrité Dieu contre lui.

Et Dieu, apaisé par le témoignage de la conscience de son serviteur qui était restée pure et intacte, avait accepté l'holocauste de sa volonté, de son intelligence et de son cœur. En considération de son repentir, il se retourna vers lui, et le rétablit dans la communication de la source d'eau vive.

L'âme de Job tressaillit tout entière sous cette miséricordieuse impulsion de la grâce, et les fruits de cette seconde bénédiction furent plus grands et plus magnifiques encore que ceux dont elle avait joui précédemment.

Les possessions nouvelles, dont Dieu l'enrichit alors, furent doublées.

La vibration de l'esprit, qui vivifiait son âme, fut rétablie dans les sept degrés de sa force et la valeur de ses trois puissances, et atteignit le maximum de son intensité.

Car son intelligence revêtit la clarté du jour, son amour exhala la chaleur et les parfums des régions tropicales, et sa volonté manifesta les insignes d'une force vigoureuse et éprouvée.

Ses puissances furent ainsi élevées et confirmées en grandeur, et nulle autre ne les égala en beauté. Fidèles à l'obéissance passive qui leur était naturelle et qui n'excluait pas leur activité, elles surent garder les grâces et la modestie de leur sexe, et furent admises à partager tous les priviléges qui sont réservés à la vie surnaturelle et qui sont attachés aux sept dons de l'Esprit-Saint.

Job est l'exemple que l'humanité devait suivre pour répondre pleinement aux intentions de Dieu. Il marque la voie dans laquelle elle devait persister, et le degré de grandeur et de magnificence naturelle et humaine à laquelle elle fut ainsi parvenue, en restant fidèle à la simplicité, à la justice et à la vérité.

Mais l'humanité a méprisé Job, ou n'a pas compris le sens de ses enseignements. Elle ne s'est point contentée des éléments que Dieu lui-même avait organisés pour elle et qui suffisaient et au-delà aux besoins du condamné. Impatiente de jouissances, elle a voulu ressaisir avant l'heure la royauté qu'elle avait perdue. Sous le spécieux prétexte d'achever l'œuvre du Maître, elle poursuit au fond la pensée de dépasser sa science et d'usurper son autorité et sa grandeur. Elle n'a fait que continuer et développer l'œuvre de révolte du Paradis terrestre, sous l'inspiration du même tentateur. Elle a voulu dépouiller entièrement l'arbre de la science du bien et du mal, dont chaque fruit, à mesure qu'elle le cueille, devient entre ses mains un fruit de mort.

Le même châtiment l'attend. Déjà elle a le pres-

14. Et vocavit nomen unius Diem, et nomen secundæ Cassiam, et nomen tertiæ Cornustibii.

15. Non sunt autem inventæ mulieres speciosæ sicut filiæ Job in universa terra : deditque eis pater suus hæreditatem inter fratres earum.

sentiment de sa chute; car, malgré elle, elle rougit de sa nudité que les vêtements somptueux qu'elle s'est faits ne sauraient couvrir et ont rendue plus sensible encore, et elle sent dans son esprit et dans sa chair les premières atteintes de la suprême douleur.

Attendra-t-elle le jugement inévitable de l'Éternel?

Ne tombera-t-elle à genoux pour demander grâce que lorsque le glaive de la parole et de l'acte de Dieu viendra la frapper pour détruire Léviathan?

O Marie! auxiliatrice des chrétiens, voyez si nous avons besoin de votre secours? Faites descendre dans le cœur de l'humanité coupable un des rayons de cette divine lumière qui illumina Job et qui fit de vous la Mère du Rédempteur!

Que ce rayon de vie éclaire et ramène à la vérité tous ceux qui se sont faits les complices de Léviathan, qui n'est que l'incarnation matérielle de l'ange déchu!

Que le monstre soit seul terrassé! Que tous les chrétiens sauvés par vous, réunis en un seul troupeau sous la garde d'un seul Pasteur, redevienne cette vigne féconde et chérie qui donne le seul vin qui plaît au Maître, et commence à chanter sur la terre l'hymne triomphal de la reconnaissance et de la vraie liberté!

O Marie! seule et véritable force auxiliatrice des chrétiens!

Priez pour nous!

Léviathan, *copulatio, societas sua,* est la légion infernale faisant partie de la milice céleste, à qui Dieu avait confié *l'exercice* de sa *force souveraine,* et qui l'a retournée contre son bienfaiteur.

C'est l'ange déchu dans son expression générale et synthétique.

C'est l'humanité elle-même prenant cet ange déchu pour guide et pour inspirateur, et consommant à son tour sous sa direction l'œuvre de sa révolte contre le Christ.

C'est le produit industriel de cette double armée de rebelles dans sa signification sociale la plus audacieuse et la plus superbe.

Or Dieu veut détruire sur la terre cette *animalisation artificielle* qui empêche l'œuvre de sa Providence.

Adveniat regnum tuum... sicut in cœlo et in terra.

Après les avertissements multipliés et de plus en plus expressifs qui étaient dictés par sa miséricorde et qui sont demeurés inutiles, Dieu a dû recourir à l'emploi exclusif de la force souveraine : *Ira.* Il reprend son bien pour lui rendre sa forme *légitime* et *régulière.*

Gladius, fames, pestilentia, et bestia. (Ezech. xiv, 21.)

Tels sont les actes suprêmes de colère par lesquels Dieu procède à la destruction successive de Léviathan.

Ces divers fléaux sont en cours d'exécution ; le quatrième, le plus terrible, le déchaînement des fureurs bestiales, au sein du désordre et de l'anarchie révolutionnaires, achèvera l'œuvre de la justice et de la purification.

IV.

PRIÈRE

POUR ARRÊTER LA COLÈRE DE DIEU ET POUR ATTIRER SA MISÉRICORDE.

———

Converte nos, Domine, ad te,
et convertemur.

C'est le cri de l'âme catholique gémissant de l'affaissement universel de l'humanité. Elle supplie le Dieu de justice et de miséricorde de pénétrer de son regard un tel état d'opprobre, afin d'y mettre un terme par les industries de sa Providence.

Oratio Jeremiæ prophetæ.

———

Lam. Cap. v.
1. Recordare, Domine, quid acciderit nobis : intuere, et respice opprobrium nostrum.

Oraison du prophète Jérémie.

———

Lamentat. Chap. v.
1. Seigneur, souvenez-vous de ce qui nous est arrivé ; considérez, et regardez notre opprobre.

Les nations chrétiennes avaient reçu un magnifique héritage. Elles devaient le conserver précieusement comme un domaine patrimonial transmis

2. Hæreditas nostra versa est ad alienos : domus nostræ ad extraneos.

2. Notre héritage est passé à des étrangers, nos demeures à des gens du dehors.

intégralement de génération en génération. Chacune d'elles en a successivement amoindri l'étendue ; elles se sont laissé dérober les terres les plus fertiles et les plus riches, ou les ont troquées misérablement pour de viles jouissances ou des objets sans valeur. C'est ainsi que les agents de l'enfer déguisés sous des formes de plus en plus séduisantes se sont introduits au sein de la famille du Christ et se sont emparé de ses biens et de ses demeures, et que la civilisation mensongère du paganisme antichrétien a pu étouffer une à une toutes les institutions de l'œuvre sainte fondée par Charlemagne et le pape saint Léon III.

3. Pupilli facti sumus absque patre, matres nostræ quasi viduæ.
3. Nous sommes devenus orphelins sans père, et nos mères sont comme veuves.

La société actuelle a la prétention de marcher sans Dieu dans la voie de ses prétendus progrès, elle répudie sa providentielle paternité, et Dieu l'abandonnant à elle-même, la frappe dans son élément constitutif, dans la famille individuelle, par les coups vengeurs de ses orgueilleuses et égoïstes institutions. Le père ne tient plus ce nom que de l'accident d'un jour. Il ne connaît ni les devoirs ni les droits qu'il lui impose ; il lui est dû reste impossible d'y satisfaire. Engagé dans le mouvement inexorable du mécanisme social dont il est devenu un rouage obligé, il est contraint de payer son pain de chaque jour au prix plus ou moins élevé de la servitude de tout son être, entraînant à sa suite tous ceux qui relèvent de son autorité, et laissant à celle dont Dieu avait voulu faire sa compagne et qui n'est plus que sa victime, tout le poids de ce gouvernement domestique dont l'éducation des enfants fait partie comme le plus noble de tous les priviléges et le premier de tous les devoirs.

Depuis le premier jusqu'au dernier degré de l'échelle sociale, dans toutes les professions libéra-

les ou industrielles inhérentes à la civilisation
européenne qu'il lui est donné de parcourir, le
père de famille n'est plus qu'un forçat auquel la
société refuse impitoyablement l'exercice d'un
droit et d'un devoir imprescriptibles, celui de
veiller par lui-même à l'éducation de ses enfants,
et de satisfaire à la responsabilité terrible dont il a
accepté toutes les charges et les conséquences au
jour où il a complété son être en se donnant, sous
l'œil de Dieu, un aide semblable à lui.

Oui, il n'est que trop vrai, dans cette associa-
tion humaine, si dédaigneuse du passé, si fière
du présent, si enivrée de ses rêves d'avenir, toute
famille est sans père, et à chaque foyer domestique il n'y a plus qu'une veuve et des orphelins.

Amère dérision du progrès civilisateur ! Tous
les biens naturels que Dieu avait répandus gratui-
tement et avec abondance pour la satisfaction des
premiers et véritables besoins de sa créature rai-
sonnable, et que l'homme même à l'état sauvage
trouve encore partout sous sa main, l'homme
façonné par la société moderne ne peut se les
procurer qu'avec difficulté et à prix d'argent ! Et
comment en serait-il autrement, puisqu'il est
même obligé d'acheter le droit de vivre, de respirer l'air qui n'appartient qu'à Dieu ?

Mais cet impôt matériel n'est que la forme extérieure de celui qu'il est contraint de payer au
maître impitoyable qu'il a préféré. Tout se vend,
tout a son prix vénal à cette heure, tout ce qui
sert d'aliment à l'intelligence et au cœur dans
l'ordre naturel et surnaturel ; et la vie morale et
spirituelle n'échappe pas plus que la vie du corps
au régime de contributions tyranniques que la
société chrétienne a accepté en repassant sous le
joug païen.

4. Aquam nostram pecunia bibimus : ligna nostra pretio compa-ravimus.
4. Nous avons bu notre eau à prix d'argent : nous ne nous sommes procuré notre bois qu'à grand prix.

4

5. Cervicibus nos-
tris minabamur, lassis
non dabatur requies.
5. Nous menacions
nos têtes, le repos n'é-
tait pas donné à nos
membres fatigués.

Une fois pris dans l'engrenage dont il fait partie, l'homme civilisé ne s'appartient plus, il n'est plus libre de ses mouvements. Il est entraîné malgré ses résistances dans l'effroyable tourbillon d'activité qui dévore le monde, et il lui est absolument impossible de s'y soustraire, à moins de se condamner aux privations et à l'isolement. C'est le système mécanique et centralisateur dont l'Antechrist réalisera pleinement la pensée. Alors littéralement, nul ne pourra vivre sans son autorisation, parce que la vie sera résumée plus que jamais en ces deux actes réciproques qui en sont déjà les deux termes essentiels : *Acheter* et *vendre*. Pour opérer toute transaction, il faudra être marqué du sceau de César qui se sera attribué le monopole du négoce universel. La société se livre donc au mouvement continu de plus en plus précipité, tout en rêvant et poursuivant le repos dans la jouissance: et déjà l'inobservance du jour du Seigneur qui tend à se généraliser de plus en plus, est un indice trop certain de cette crise fiévreuse à laquelle l'agitation actuelle doit nécessairement aboutir un jour.

6. Ægypto dedimus
manum, et Assyriis ut
saturaremur pane.
6. Nous avons donné
la main à l'Egypte et
aux Assyriens, pour
que nous soyons ras-
sasiés de pain.

Les satisfactions matérielles de la vie sont évidemment les biens préférés et recherchés par la civilisation moderne. Pour les atteindre plus sûrement, plus complétement et plus vite, l'humanité n'a reculé devant aucun effort ni aucun sacrifice. Elle a brutalement fait taire les réclamations de l'intelligence, du cœur et de la conscience, et pour accomplir son œuvre de révolte contre la condamnation formelle qui lui refuse les jouissances du paradis terrestre, elle s'est donné pour auxiliaires les inspirateurs sataniques dont elle s'est faite la complice. L'Égypte avec ses richesses extérieures et sensibles, l'Assyrie avec son luxe babylonien et l'autocratie de ses Nabuchodonosor, ont accepté ou lui ont offert le marché de sa servitude, et, en l'initiant aux magiques évocations de leur science infernale, lui ont donné en échange de sa foi, de sa simplicité, de sa vie pure et selon Dieu, une vie d'illusions, de besoins factices et sans mesure, qui l'excitent sans la satisfaire, car elles ne lui ont pas même assuré le pain du jour que Dieu seul lui avait promis.

Ce régime date de loin. Pour en retrouver le principe, il faut remonter jusqu'à cette époque où la civilisation chrétienne définitivement établie et confirmée par le Saint-Empire romain, reçut son premier échec par la permission imprudente laissée à la prophétesse Jézabel d'enseigner les peuples et de porter ainsi une radicale atteinte au précepte du Christ s'adressant uniquement aux apôtres et à leurs successeurs : *Ite, docete gentes.* C'était là le léger reproche fait au début de cette infraction à la quatrième Église de Thyatire par l'Esprit de Dieu, selon le IIme chapitre de l'Apocalypse de saint Jean, verset 20.

7. Patres nostri peccaverunt, et non sunt: et nos iniquitates eorum portavimus.
7. Nos pères ont péché et ne sont plus : et nous, nous avons porté leurs iniquités.

Mais cette tolérance, qui avait alors peu de gravité, a porté en se développant des fruits de la plus détestable amertume: la renaissance païenne, la réforme, le philosophisme, le rationalisme, et enfin la révolte complète de l'esprit et des sens, qui a entraîné l'humanité dans le régime d'idolâtrie qui la domine de nos jours.

(Sed habeo adversus te pauca : quia permittis mulierem Jezabel, quæ se dicit propheten, docere. et seducere servos meos, fornicari, et manducare de idolothytis).

Telles sont les fautes capitales que le seizième, le dix-septième et le dix-huitième siècle ont vu consommer, et dont les générations du dix-neuvième siècle recueillent les dernières et naturelles conséquences.

Cette révolte de l'humanité contre le Très-Haut a eu dans le sens opposé son contre-coup inévi-

8. Servi dominati sunt nostri : non fuit qui redimeret de manu eorum.

8. Nos serviteurs sont devenus nos maîtres : et il ne s'est trouvé personne qui nous rachetât de leurs mains.

table. Tous les rapports hiérarchiques voulus et établis par Dieu ont été ébranlés et détruits. Le mal qui avait éclaté au sommet de l'échelle en a descendu successivement tous les degrés : les relations sociales ont été ainsi renversées, et la tête qui avait refusé de se courber devant le Divin Maître dont elle relevait directement, s'est vu refuser à son tour toute obéissance par ceux de qui elle était en droit de l'attendre et de l'exiger. Tous les membres du corps social se sont ainsi dérobés à leurs devoirs réciproques, et en ce moment, s'il ne laisse par encore apercevoir les derniers signes palpables d'une entière dissolution, c'est que semblable à ces corps qui n'ont plus la vie, mais qu'un procédé scientifique préserve momentanément d'une décomposition générale, il doit à des moyens analogues et factices dont les événements peuvent aisément détruire l'efficacité, la forme apparente qu'il conserve. Mais l'âme et son esprit ne sont plus là, et le jour où il sera exposé rudement à l'air vif et au souffle de la tempête, ce corps se réduira en poussière, parce qu'il a perdu son centre vivificateur et congrégateur. Les derniers des serviteurs montreront alors qu'ils sont bien les maîtres, en imposant à toute la substance leur suprême domination d'anéantissement.

9. In animabus nostris afferebamus panem nobis, a facie gladii in deserto.
9. Nous apportions du pain pour l'alimentation de nos âmes, loin de la face du glaive dans le désert.

Au milieu de cette société livrée au sensualisme et qui ne présente pour la satisfaction des premiers besoins de la vie que des aliments souillés et corrupteurs, l'âme chrétienne est obligée de se faire un désert où elle se retire et où elle puisse ainsi échapper aux cruelles et brutales atteintes qui ne cessent de la menacer de toutes parts. Là, seule avec son Dieu, s'abandonnant aux étreintes d'un amour sans borne et sans partage, elle puise

dans le sein de Celui qui est la force infinie la
vertu de résistance, de patience et de sacrifice qui
lui est indispensable pour combattre et triompher.
Elle n'a pas d'autre parti à prendre ; car si,
imprudente et présomptueuse, elle croit pouvoir
affronter un péril qu'elle doit fuir, et se mêler au
mouvement faux qui emporte la société tout
entière, si elle croit pouvoir respirer, sans en être
infectée, l'atmosphère fétide qui l'enveloppe et
intercepte le rayonnement du Soleil Divin, elle
subira inévitablement les conséquences de sa coupable témérité, et, après des concessions successives qu'elle ne fera pas sans regret, mais emportée
par une logique impitoyable, elle sera bientôt
amenée à cet état de paralysie morale qui atteint
les organes essentiels et ne permet plus de distinguer la lumière des ténèbres, la vérité de l'er-
reur.

Mais pour arriver à cette retraite solitaire, l'âme
juste a de rudes épreuves à souffrir : elle a à subir
continuellement le supplice de la faim et de la
soif spirituelles. Car toutes les sources d'alimentation, même naturelles, sont interceptées. Partout
règne la sécheresse : le feu des passions humaines entretenu et excité par l'inspiration sensua-
liste a tout envahi ; et jusqu'au sein du sanc-
tuaire, il poursuit et atteint l'âme qui veut rester
fidèle. Ce n'est qu'au prix des sacrifices les plus
absolus, d'un détachement parfait, de l'amour de
la souffrance, de la pratique vraie et entière de
cette doctrine que le Christ résume en trois mots :
abnégation, mortification et *imitation du Crucifié*,
qu'elle peut échapper à cette aridité universelle ;
et encore, si l'esprit reste intact, si la vie surnaturelle est sauvegardée, tout ce qui est de la
nature porte l'empreinte de ce feu dévorant qui

10. Pellis nostra,
quasi clibanus exusta
est a facie tempesta-
tum famis.
10. Notre peau a été
desséchée comme un
four, à l'aspect des
tempêtes de la faim.

ne respecte rien et qui dessèche tout ce qu'il touche.

L'Épouse du Christ porte les traces des violences qui l'ont outragée. La civilisation moderne ne pouvant la corrompre l'a frappée au visage, et lui a infligé les humiliations de la brutale exécution de ses desseins. La révolution, une fois maîtresse des sociétés européennes, a partout fait déchoir l'Église du rang supérieur et hors ligne qu'elle occupait et qu'elle devait occuper. Les concordats, les intrigues habiles, les menées perfides et hypocrites sont autant de moyens que la servante révoltée a employés contre l'épouse et la maîtresse légitime pour amoindrir et renverser son autorité. Déjà les institutions vraiment libérales, les seules dignes de ce nom dont on abuse, ces vierges de la civilisation chrétienne, avaient été indignement violées par les envahisseurs sortis du paganisme, qui, sous le nom de restaurateurs des lettres, des sciences et des arts, introduisaient dans le domaine de la vérité, le culte de Satan et du mensonge déguisés sous les magnificences de la forme extérieure. Mais il était réservé à notre siècle de voir cette conspiration infernale prendre son entier développement ; et les récentes tentatives de la science antichrétienne ont révélé toute la pensée du maître au monde qu'elle croyait converti à sa doctrine et qu'elle a trouvé encore surpris de son audace.

La révolution a brisé toutes les barrières, elle ne connaît aucun frein, elle ne respecte nulle autorité. Elle s'élève contre Dieu lui-même, et par une conséquence naturelle elle atteint et renverse tous ses instruments. Les princes et les rois, ses représentants directs et légitimes sur la terre dans l'ordre temporel, ont été les premiers à subir ses outrages. Et tous ceux qui formaient comme l'au-

réole de leur grandeur, par l'éclat de leur vertu,
de leur valeur et de leur opulence, ont été compris
dans cette proscription insensée, qui bientôt et par
la force des choses ne s'est arrêtée que devant la
suppression de tout titre et l'absence de toute
possession, et n'a plus reconnu pour dernière
limite de son exercice que l'avilissement et la
misère. Et il s'est trouvé des apologistes de ces
sacriléges excès, et l'aveuglement de la nation
tout entière a permis la consécration de cette
doctrine de dissolution, qui devait aboutir au
régime des spoliations en grand, devant lequel
l'Europe courbe officiellement la tête, et ne trouve
pas plus dans son intelligence que dans son cœur
une parole d'indignation et de blâme !

O vieillards démasqués par Daniel, vous ne
savez plus rougir !

Le régime civilisateur, pour assurer son empire
au sein même des nations catholiques, soumet
surtout à sa domination la jeunesse et l'enfance.
L'homme est un être enseigné. Depuis qu'elle s'est
approprié le privilége de l'éducation et de l'instruction qui était réservé à l'Église, la civilisation
moderne s'est attachée à perfectionner de plus en
plus ses moyens d'action. Empruntant à celle dont
elle a usurpé les droits ses plans universitaires,
elle atteint l'homme dès les premiers pas de sa
carrière, elle a pour tous les âges des écoles où
la doctrine antichrétienne est élaborée et distribuée
avec une habile mesure, de manière à façonner
les intelligences et les cœurs à l'assimilation
graduelle du poison, sans provoquer en eux les
répugnances instinctives de la nature. C'est ainsi
qu'elle a corrompu toutes les sources d'eau vive,
et qu'elle se prépare à en imposer plus complétement encore la consommation par le régime

13. Adolescentibus impudice abusi sunt: et pueri in ligno corruerunt.

13. Ils ont abusé sans pudeur des jeunes gens: et les enfants sont tombés sous leur verge.

brutal de l'instruction obligatoire. Nul n'y échappera, et le jour où cette tentative monstrueuse, qui n'épargnera pas la femme et la jeune fille, recevra son entière exécution, c'en sera fait de la famille chrétienne, et Satan, ne trouvant plus dans le monde que des apostats et des esclaves, pourra revêtir sa dernière incarnation et susciter l'Antechrist.

14. Senes defecerunt de portis : juvenes de choro psallentium.

14. Les vieillards ont abandonné les portes : et les jeunes gens le chœur des chanteurs.

La cité de Dieu a été livrée à l'ennemi. Ses défenseurs et ceux qui étaient chargés de veiller à la garde de ses portes ont lâchement abandonné leur poste d'honneur, séduits et entraînés par les fascinations de l'ennemi qui est parvenu à les surprendre. Leur expérience, leur sagesse ne leur ont été d'aucun secours, et quand ils ont vu apparaître les prodiges de la science enchanteresse, ils ne se sont plus souvenus des avertissements donnés à leurs pères. Les jeunes hommes auxquels ils devaient servir d'exemple, s'appuyant sur leur autorité, se sont empressés d'imiter leur faiblesse. Ils avaient devant eux tous les sourires de l'espérance ; leur cœur et leur intelligence ne devaient connaître que les impulsions joyeuses de l'esprit de vérité. Ils étaient ces harpes vivantes dont les cordes devaient vibrer à l'unisson des divins accords. Leurs hymnes d'allégresse et de lumière se sont changés en des chants de deuil et de ténèbres, et les mouvements faux qui les dominent se traduisent par tous les actes pervers auxquels ils se sont abandonnés.

15. Defecit gaudium cordis nostri : versus est in luctum chorus noster.

15. La joie de notre cœur a défailli : notre chœur a été changé en gémissement.

L'âme, dont le mouvement vital est inspiré par la force même de Dieu, et qui demeure exactement fidèle à cette divine pulsation, est en pleine possession de la vie surnaturelle. Elle en manifeste la gloire et les merveilleuses perfections selon sa capacité naturelle. Elle est brûlante d'amour, lumineuse

d'intelligence et ferme dans sa volonté. C'est la
Trinité de Dieu même qui agit en elle et qui lui
communique dans la mesure de sa valeur finie et
infime quelque chose de ses divins attributs. Cette
prodigieuse harmonie la ravit dans un état de
bien-être, de paix et de joie inénarrables. Heureuse, mille fois heureuse l'âme qui possède un
tel bien. Mais que son sort est déplorable, si elle
vient à perdre ce précieux trésor ! si, par une
négligence imprudente et volontaire, elle venait
à introduire un élément faux dans ce chœur qu'elle
doit constamment faire avec son Dieu ! A mesure
que sa note devient plus discordante, le rayon
que lui communique le Soleil Divin s'obscurcit
en elle, il perd sa chaleur et l'énergie de sa vibration ; et alors le sentiment de sa misère la plonge
invinciblement dans la tristesse, le trouble et le
malaise qui accompagnent les ténèbres de son
infortune.

Le chrétien était bien le roi de ce monde ! Le
Rédempteur en relevant l'homme de sa chute
originelle lui avait rendu la couronne et le sceptre
qu'il avait perdus. Il devait marcher progressive-
ment à la conquête de son empire, pour le racheter
à son tour et le rattacher à Dieu, dont la révolte
adamique l'avait séparé comme lui-même. C'était
là sa mission sociale et terrestre, et l'univers entier
ne devait être entre ses mains que le temple et
l'autel où il offrait en sacrifice à Dieu tous les biens
matériels qu'il renouvelait et sanctifiait par cette
oblation. C'était là l'enseignement de la civilisation
chrétienne, mais à mesure que sa doctrine s'est
assimilée les principes de la civilisation païenne
qu'elle avait accueillis, l'homme cessant de tenir
son regard élevé vers le ciel et l'abaissant de plus
en plus vers la terre, a déplacé le centre de ses ado-

16. Cecidit corona
capitis nostri : væ no-
bis, quia peccavimus !
16. La couronne de
notre tête est tombée :
malheur à nous, parce
que nous avons péché !

rations ; il a fini par s'y fixer lui-même, et par attirer à lui, avec tous les êtres de la nature, les innombrables créations de sa fantaisie. C'est lui qui veut être le dieu du monde ; son culte est l'industrie, il a ses docteurs, ses prophètes et ses sacrificateurs ; mais dans le développement de cette idolâtrie savante, l'homme n'a fait qu'abdiquer la grandeur qui lui avait été rendue, au profit d'un maître sans miséricorde dont il s'est fait le complice et l'esclave, et qui doit faire de lui l'*homme de péché*.

17. Propterea mæstum factum est cor nostrum, ideo contenebrati sunt oculi nostri.

17. C'est pourquoi notre cœur est devenu triste, et nos yeux se sont enténébrés.

Depuis que, par la complicité de l'homme, l'esprit de Satan s'est substitué à l'Esprit de Dieu dans le mouvement vital de la société chrétienne, toutes les institutions qui formaient les éléments de son édifice ont été successivement perverties. Par son habileté infernale, l'ange déchu, à qui Dieu a laissé la terrible faculté de se transformer en ange de lumière, a pu leur conserver leur apparence extérieure en en faussant le principe : il lui suffisait de changer la direction du centre vers lequel elles doivent converger. C'était vers Dieu seul que ces institutions devaient remonter dans le concert d'une immense et magnifique harmonie, c'est vers lui-même qu'il les a fait descendre ; mais, en maintenant par l'identité de leur rythme et de leur mesure la vitesse et l'amplitude de leur vibration caractéristique, il leur a conservé leurs propriétés sensibles de force, de chaleur et de lumière, qui ne sont perverties et faussées que parce qu'il en est le centre. Le cœur et l'intelligence de la multitude, fascinés par cet artifice, n'en saisissent pas le triple caractère ni les conséquences funestes ; mais l'âme vraiment chrétienne ne saurait s'abuser sur ce procédé, et en méconnaître la valeur négative. A la lueur de la vérité absolue qui l'éclaire, elle distingue toute l'horreur de la situation, elle reconnaît le piége, elle gémit profondément sur l'illusion qui emporte le monde et sur les ténèbres insondables où l'humanité s'est volontairement enfoncée ; car l'intensité, la vitesse et l'amplitude de tout mouvement qui aboutit à Satan, ne produisent qu'une force dissolvante absolument privée de chaleur et de lumière réelles, et d'autant plus désastreuse dans ses effets qu'elle possède plus d'énergie et d'activité,

C'est l'orgueil qui a été la cause de la perte de Lucifer et du premier homme; c'est encore l'orgueil qui a perdu la civilisation chrétienne. Elle a voulu atteindre avec ses propres forces et par des moyens humains à la grandeur des destinées qui lui avaient été promises. Elle a cessé d'avoir son regard fixé vers le ciel où elle devait tendre, elle a recherché un paradis terrestre qui lui était à jamais fermé. Elle s'est acharnée à la découverte de l'arbre mystérieux de ce lieu de délices, et, quand elle a cru le saisir, elle s'est hâtée de le dépouiller de ses fruits. Hélas ! c'était bien encore pour elle l'arbre de la science du bien et du mal, et, en en faisant son unique nourriture, l'humanité n'a fait que creuser plus profondément l'abîme de misères où sa première déchéance l'avait entraînée. A ses côtés, le même tentateur ne cessait de lui promettre cette même déification qui avait séduit notre premier père. C'était ce renard perfide et subtil, qui connaît tous les abords de son intelligence et de son cœur, et qui a su multiplier ses intrigues et ses séductions dans la proportion des résistances ou des défaillances de sa victime.

Mais ces conquêtes sans fin de la société humaine révoltée contre Dieu et demandant à Satan les procédés scientifiques qui lui assurent ses satisfactions, ne sauraient lui donner la paix ni la con-

18. Propter montem Sion quia disperiit, vulpes ambulaverunt in eo.

18. Parce que Sion s'est perdu à cause de la montagne, les renards se sont promenés dans son sein.

19 Tu autem, Domine, in æternum permanebis, solium tuum in generationem et generationem.

19. Pour vous, Sei-

gneur, vous demeure-
rez éternellement, vo-
tre trône subsiste de
génération en généra-
tion.

duire au but fortuné qu'elle se propose. Chacune
de ses inventions a son ver rongeur dont la vora-
cité augmente; et ces ramifications indéfinies, qui
partent d'un tronc commun s'élevant sur une ra-
cine antichrétienne, ne font que multiplier et développer les fruits de malédiction qui sont ses
produits naturels. Pour un besoin qu'il semble
apaiser, chacun d'eux excite de nouveaux désirs
en révélant de nouveaux vides. Ainsi dans ce
travail sans repos d'une fécondité malsaine, le
fléau qui désole le monde s'étend et grandit de
plus en plus. L'arbre de mort couvre de son om-
bre tous les âges, toutes les générations, toutes les
conditions humaines. Et cependant le germe divin
subsiste toujours; le principe vital n'est point
anéanti, il n'est que perverti dans son activité vivifiante. Satan lui-même n'a rien qu'il n'ait reçu de
Dieu dans un état primitif de vérité; mais il a
tourné contre son Maître les dons magnifiques
qu'il lui avait prodigués. En cessant d'adorer Dieu
et en se regardant lui-même, il n'a fait que changer le signe de sa valeur et de son exercice, et
dans l'épreuve décisive qui lui était proposée, il a
fixé lui-même par son libre choix, et dans la
pleine lumière de son intelligence, son infernale
destinée. L'homme le suit dans cette voie dont le
tentateur sait dissimuler le sens et l'horreur sous
des apparences séduisantes; mais tant que dure
sa vie mortelle l'épreuve se continue, et il lui est
possible de rétablir la justice de son mouvement
ou d'en poursuivre l'iniquité. A tous les pas de sa
course, Dieu peut se présenter à lui et lui offrir les
moyens du retour, parce que Dieu est infini, éternel, qu'il embrasse tous les temps et tous les êtres,
et qu'il ne les a créés que pour les ramener à lui
par l'attraction de sa Divine Miséricorde.

Mais l'homme ne saurait éprouver les effets de l'action régénératrice, s'il n'y apporte pas son concours. Pour que la plante subisse l'impulsion de la vibration solaire et en manifeste en elle les vertus vitale, ardente et lumineuse, il faut absolument qu'elle y soit exposée, il faut impérieusement qu'elle n'échappe pas à son rayonnement. Si l'homme persiste à se soustraire à l'action de la grâce qui est le rayonnement du mouvement divin, si, par sa coupable industrie, il accumule entre son Soleil et lui des vapeurs épaisses et fétides, si, par une marche constamment rétrograde et en sens inverse de celle qui lui avait été imprimée, il se dérobe au lever de l'astre qui seul peut l'éclairer, l'échauffer et le vivifier, il restera plongé dans l'obscurité et le froid de la mort, et si son Soleil semble l'oublier, c'est qu'il l'a oublié lui-même, et qu'il s'obstine à séjourner dans les régions où n'atteignent que des rayons obliques, indirects et qui ne peuvent plus rien pour la vie.

N'est-ce pas là la cause de cet abandon où Dieu semble laisser la société moderne?

L'homme, qui, en suivant l'inspiration satanique, a ainsi changé la direction juste du mouvement vital que Dieu lui avait donné, est incapable de la rétablir de lui-même; sa propre déchéance et la malice de son séducteur s'y opposent absolument. Dieu seul peut lui rendre sa vertu première et le délivrer de son oppression. Qu'a-t-il donc à faire pour obtenir cet immense bienfait? Que doit faire la société moderne pour recouvrer cet esprit chrétien qu'elle a totalement perdu? Elle n'a d'autre moyen que la prière et la soumission: une prière ardente, véritable, sans arrière-pensée comme sans conditions, une résignation parfaite à la volonté de Celui qui ne châtie que pour purifier et pardonner. C'est

20. Quare in perpetuum oblivisceris nostri? Derelinques nos in longitudine dierum?

20. Pourquoi nous oublierez-vous sans retour? Pourquoi nous abandonnerez-vous dans la longueur de nos jours?

21. Converte nos, Domine, ad te, et convertemur: innova dies nostros, sicut a principio.

21. Convertissez-nous vers vous, Seigneur, et nous serons convertis: renouvelez nos jours comme au commencement.

ainsi qu'elle affirmera la pureté et la sincérité de son intention formelle de sortir de l'esprit de mort où elle est plongée. C'est la prière qu'adressent à toute heure et dans tous les lieux du monde, en se maintenant dans une patience inaltérable, les âmes qui ont échappé au désastre et qui sont restées fidèles à la vérité. Celles-là ont gardé avec Dieu le trésor des mystérieuses et intimes communications. Elles sont les *Jérémie* de cette déplorable captivité chrétienne. A l'exemple du prophète de l'ancienne loi, à la vue de toutes ces magnificences babyloniennes qui ont subjugué les disciples du Christ et les ont livrés au culte des dieux étrangers, elles demandent avec instance à Celui dont la puissance a créé le monde et dont la miséricorde l'a racheté, de détruire la cité superbe, de mettre un terme à leurs longues souffrances, et de ramener les captifs dans la terre de Juda, pour y reconstruire le temple du vrai Dieu, et y rétablir les institutions simples et pures qui régissaient leurs pères, et qui avaient fait jadis leur félicité et leur grandeur.

22. Sed projiciens repulisti nos, iratus es contra nos vehementer.

22. Mais vous nous avez repoussés en nous rejetant loin de vous, vous êtes violemment irrité contre nous.

Et cependant il semble que tant de larmes, tant de sacrifices sont inutiles. Dieu continue à demeurer sourd à la voix de ses fidèles enfants. Les signes de la colère céleste se manifestent et s'étendent de plus en plus.

Quel est donc ce mystère de silence et de courroux ?

Il y a soixante-et-dix ans bientôt que l'œuvre de purification est commencée. Après la consommation de sa révolte, la société chrétienne a dû subir les épreuves successives qu'elle avait méritées. Le mal a dû parcourir un à un comme un ferment tous les degrés de l'échelle sociale, il devait descendre jusqu'au dernier. Il fallait que l'expérience fût complète et que le coupable fût réduit à prononcer lui-même son jugement. Les souffrances qui le dévorent auront bientôt leur extrême rigueur. Alors il ne sera plus possible de s'y méprendre, l'excès de la douleur arrachera à tous le cri de vérité que Dieu attend pour faire grâce : *Ergo erravimus !* Ce ne sera pas le cri du désespoir comme celui du damné, mais le cri de la résurrection et de la vie dont les portes s'ouvriront d'elles-mêmes au jour où il sera prononcé.

Puisse ce jour être proche ! Puisse la crise suprême, dont tous les signes précurseurs apparaissent, n'apporter à tous que le salut ! Puisse l'éclair de la foudre, qui terrassera le pécheur, illuminer son âme des splendeurs de l'éternelle vérité et le jeter dans le sein de Dieu !

www.ingramcontent.com/pod-product-compliance
Lightning Source LLC
Chambersburg PA
CBHW060807180626
46818CB00002B/740